ENGE HAUT

ES WIRD SO SEIN

ALLES WAS WIR GEBEN

WIRD BLEIBEN

ALLES WAS WIR NEHMEN

VERLIEREN WIR

JENS-M. GUMPERT
ENGE HAUT
ein Roman

Für Andrea

Herstellung und Verlag: Books on Demand GmbH, Norderstedt
ISBN 3-8334-0084-6
Titelbild: Idee+Gestaltung Claudia Schacht

KAPITEL EINS

I

Peter Rosenberg verliert sich selbst; dies ganz konkret und zugleich unfassbar.

Während wichtiger Gespräche mit einflussreichen Persönlichkeiten, die ihm den notwendigen Beistand sichern sollen für einen Sprung auf der Karriereleiter in den Intendantensessel, schweifen seine Gedanken weit ab; er verstrickt sich in undurchdringliche Tagträume, in denen immer wieder ein Labyrinth unterirdischer Kellergewölbe auftaucht, das ihm jede Orientierung verwehrt.

Rosenberg hätte, ohne zu zögern, eine Reise nach Nah-Ost unternommen, um im Krisengebiet Hintergrundmaterial für eine mehrteilige Fernsehreportage zu sammeln, die gerade jetzt seine beachtliche Popularität weiter untermauern sollte, wäre nicht die Nachricht vom Tode seiner Frau gekommen, die ihn zwar nicht überraschte, ihn jedoch auf noch nicht gekannte Weise berührte.

In seiner Erinnerung beherrscht ein starres Bild seine Vorstellung: wie in einem Theaterstück posiert eine ausgezehrte Frauengestalt mit schmerzverzerrtem Gesicht, beide Arme weit ausgestreckt, um gleichsam ins Leere zu greifen.

Rosenberg deutet diese Phantasie als Ausdruck seiner überreizten Nerven, die durch tagelanges, fast ununterbrochenes Arbeiten, ständigen Entscheidungsdruck und wenig Schlaf in Mitleidenschaft gezogen wurden.

Tatsächlich kann er sich keinen ursächlichen Zusammenhang mit dem Tode seiner Frau vorstellen, zumal nach seiner Auffassung seine Frau nie eine besonders wichtige Rolle in seinem Leben gespielt hat. Die Vorstellung von einem qualvollen Ende seiner Ehefrau schiebt er schnell beiseite.

Rosenberg erinnert sich, wie er die Unerfahrenheit einer jungen Kollegin ausgenutzt und diese bei einer unglücklich formulierten Frage während einer Pressekonferenz unterbrochen hat, um, wie er dachte, den Interviewpartner weitaus subtiler und hintergründiger zur Rede zu stellen. Sein Beitrag wurde von deutlich wahrnehmbarem Murren der übrigen anwesenden Kollegen begleitet. Der Politiker überging Rosenbergs Fragen und verwendete viel Mühe darauf, sich mit dem missglückten Interviewversuch der jungen Journalistin auseinander zu setzen.

Rosenberg besinnt sich, dass er diese Situation damals ganz gelassen hingenommen hat. Er wäre auch nie auf die Idee gekommen, ein Wort an die junge Kollegin zu richten, und es war ihm eher lästig, dass die junge Frau ihn zum Ende der Pressekonferenz abpasste und sich etwas unterwürfig rechtfertigte, indem sie erklärte, dass sie zum ersten Mal an einer so wichtigen Pressekonferenz teilgenommen hat. Rosenberg antwortete kurz und knapp: „Wir haben alle einmal klein angefangen „ und verabschiedete sich schnell.

Wie zufällig wurde bald darauf eben diese junge Frau Rosenberg von seinem Chefredakteur als neue Volontärin vorgestellt.

Rosenberg bemühte sich nicht darum, mit der jungen Kollegin näher bekannt zu werden. Er gewöhnte sich daran, fast täglich mit ihr zusammenzusein und kannte bald die näheren Lebensumstände dieser Frau.

Ohne eigenen Anteil zu nehmen, begleitete er Karina, die junge Volontärin, bei einem Krankenbesuch in eine Nervenheilanstalt und wurde so der Mutter der jungen Frau vorgestellt.

Während eines Presseausfluges im Frühling kam es zu einer intimen Begegnung, und danach überschlugen sich die Ereignisse. Rosenberg erhielt ein lukratives Angebot von einem öffentlich- rechtlichen Fernsehsender, verbunden mit der Aussicht auf gute Aufstiegschancen; Karina wurde schwanger und es war für Rosenberg selbstverständlich, sie zu heiraten, ohne dass er dieser Formalität große Bedeutung beimaß.

Rosenberg wehrt sich nicht mehr gegen die anderen Erinnerungen, die ihm die Stunden, Tage und Nächte vor Augen führen, in denen seine Frau von ärztlicherseits unerklärbaren, unerträglichen Schmerzen gequält, um eine Morphiuminjektion bettelte.

II

Ein fiebriger Atemwegsinfekt schwächt Rosenberg. Drohend steht ihm vor Augen, wie viel Kraft gerade jetzt nötig wäre, um sowohl im beruflichen als auch im privaten Bereich wichtige Schritte zu vollziehen. Er ist beunruhigt, weil er sich noch nie so krank gefühlt hat. In den vergangenen zehn Jahren war er immer gesund. Stets hatte er Mitarbeiter belächelt, die aus vermeintlichen Krankheitsgründen die überaus interessante und spannende journalistische Arbeit vernachlässigten.

Ein kurzer Schlaf führt Rosenberg tief in ein Angstdilemma. Er wird Gehilfe des Scharfrichters bei der Exekution einer jungen Frau, um dann selbst wegen eines einzigen verräterischen Lautes Opfer einer mörderischen Hetzjagd zu werden.

Er erwacht schwer atmend. Es gelingt ihm nur mit Mühe, sich von den angsterfüllten Erlebnissen zu distanzieren, die ihm dann jedoch grotesk vorkommen und die er sich lediglich durch die Wirkung des Fiebers auf das Zentrale Nervensystem erklären kann. Wie zum Beweis mustert er mit einem langen Blick in den Spiegel die Farbe seines Gesichtes und den Ausdruck seiner Augen.

Bei seinen Überlegungen über Hindernisse, die ihm seinen zukünftigen Weg versperren könnten, verspürt Rosenberg heftigen inneren Druck. Derart gesundheitlich angeschlagen Front gegen die Gruppe der Neider seines beruflichen Erfolges zu machen, erscheint ihm unerwartet schwierig. Es kommt ihm geradezu halsbrecherisch vor, sich, wie bisher, über alles und jeden hinwegzusetzen und sowohl beruflich als auch privat entstehende Feindschaften stolz zur Kenntnis zu nehmen. Hinter diesen vagen Befürchtungen erkennt er zugleich eine konkrete Furcht vor dem Begräbnis seiner Frau und besonders vor einer Konfrontation mit seinem Sohn. Es gelingt Rosenberg nicht, ein klares Bild von seinem Sohn zu entwerfen und dies verstärkt sein tiefsitzendes beklemmendes Gefühl.

Ein kurzes Telefongespräch, reißt ihn aus seinen Überlegungen. Sein Freund kündigt kurzfristig seinen Besuch an.

Rosenberg hatte den jungen Mann, der bald darauf sein Liebhaber wurde, in einer Sauna kennen gelernt. Dabei ging die Initiative, wie auch bei seinen früheren heimlichen homosexuellen Liebschaften , von dem jungen Mann aus. Rosenberg hatte stets den Verdacht, dass seine Popularität wie ein Magnet wirkte.

Vom Begrüßungskuss zum gemeinsamen Abendessen, von zärtlichen Umarmungen auf dem Sofa bis zu Liebesspielen im Schlafzimmer nimmt der junge Freund Besitz von Rosenberg und seiner Umgebung und würde alles vereinnahmt haben, hätte Rosenberg ihn nicht, trotz dessen heftigen Protestes, um Mitternacht wieder weggeschickt.

Rosenberg spürt noch in der Ruhe das ungeheuer Lebendige der vergangenen Stunden, und wie zum Hohn verstärkt es sein Gefühl der Schwäche.

III

Rosenberg ist der festen Überzeugung auch das Begräbnis seiner Frau als Formalität abhandeln zu können. Nach seiner Vorstellung besiegeln Formulare Tod und Sterben, und Termine setzen den unangenehmen Begleitumständen ein Ende.

Es ist für Rosenberg beschlossene Sache, den Fortgang aller Formalitäten zu beschleunigen und einen frühestmöglichen Termin wahrzunehmen; doch tatsächlich verzögert er notwendige behördliche Erledigungen, versäumt einen vereinbarten Zeitpunkt mit dem Inhaber des Bestattungsunternehmens, und lässt sich zunächst bei telefonischen Kontaktversuchen des Pfarrers von seiner Sekretärin verleugnen.

Gerüchte über Rosenbergs sexuelle Ausschweifungen, gefährden seinen beruflichen Aufstieg. Er setzt sich zur Wehr.

Mit professioneller Überlegenheit taktiert er zwischen den Lagern. Er bestellt die ihm nicht wohlgesonnenen Mitarbeiter einzeln zu sich, in sein Büro, und eröffnet ihnen berufliche Aufstiegschancen, die er als künftiger Intendant möglich machen wird. Bei seinen Freunden wirbt er um Solidarität, indem er auf die bereits geleistete Unterstützung hinweist. Danach bringt er beide Parteien an einen Tisch. Jedoch gerät er im Verlaufe dieser strategischen Gespräche mit seine Überlegungen immer wieder zwischen zwei Ebenen. Jenseits des harten Machtpokers um handfeste Interessengegensätze breiten sich vage Vorstellungen in ihm aus. Er sieht dünne Spinnfäden, die sich verschlingen, vernetzen, dicht verweben, um schließlich wie ein Leichentuch den erstarrten Körper seiner Frau zu umhüllen.
Rosenberg erschrickt vor dieser Phantasie und wäre abrupt von seinem Sessel aufgestanden, hätten nicht die musternden Blicke seiner Gesprächspartner ihn zurückgehalten.
Obwohl Rosenberg alle Gedanken an seine Frau nun noch konsequenter unterdrückt, bleibt eine unbestimmbare innere Unruhe in ihm zurück, die wie ein Rest verborgener Glut jederzeit zu heller Flamme entfacht werden kann.
Der unangemeldete Besuch seines Sohnes lässt Rosenberg zwischen zwei Feuer geraten. Ohne jegliche höfliche Zurückhaltung überschüttet der Sohn seinen Vater mit Vorwürfen und Vorhaltungen, die darin gipfeln, dass er den Vater der getarnten, fortgesetzten Beihilfe zum Mord an seiner Mutter bezichtigt.
Es ist für den so Beschuldigten unmöglich, etwas zu entgegnen, und auch noch Stunden nach dem wortlosen Abschied des ungebetenen Gastes und während

der schlaflosen Nacht gelingt es Rosenberg nicht, den
Besuch seines Sohnes ohne weiteres als Formalität ab-
zuhandeln.

<h1 style="text-align:center">IV</h1>

In seiner Vorstellung erscheint es Rosenberg unmöglich,
die Wege seines privaten und beruflichen Werdeganges
einfach in die Zukunft fortzuschreiben. Dabei fehlt es
ihm nicht an Vorhaben, die sich auf reale Daten beziehen,
sowie an Aktivitäten, die nicht zur Disposition stehen. Es
kommt ihm jedoch vor, als verlören alle diese zukünftigen Dinge die direkte Beziehung zu ihm selbst.
Wie zum Beweis des Gegenteils mischt sich Rosenberg in
die Recherchen seiner Mitarbeiter ein, und reißt besonders knifflige und heikle Nachforschungen über eine in
der Bundesrepublik Deutschland agierende fanatische
Religionsgemeinschaft an sich. Trotz rascher Erfolge
verurteilt er im Stillen sein Vorgehen, weil nach seiner
festen Überzeugung auch diese Aktivitäten schon in al-
lernächster Zeit ohne Bezug zu ihm sein werden.
Den Besuch seines homosexuellen Freundes erlebt Rosenberg sehr zwiespältig. Einerseits fühlt Rosenberg sich
bewundert, begehrt, andererseits wächst in ihm die Vorstellung er müsse den Wünschen seines Freundes nach
Nähe, Spaß und Abwechslung uneingeschränkt nach-
kommen, sich den Ansprüchen des jungen Mannes
unterwerfen. Rosenberg fragt sich, ob sein Freund ihn
nicht nur benutzt, und wie beziehungslos diese Beziehung eigentlich ist.

V

Rosenberg verliert sein festes Zeitgefühl.

Er steht am offenen Grab seiner Frau und blickt auf den tief hinabgelassenen Sarg.

Eine zeitlose Weite ergreift ihn, und dabei wird alles Menschliche zu Angst.

Rosenberg spürt nicht, dass ihm die Knie weich werden, und er wäre kopfüber in die Grube gestürzt, hätte ihn nicht der neben ihm stehende Pfarrer aufgefangen.

In vielen Blicken findet Rosenberg Verständnis für seine Befindlichkeit, doch dieses Mitgefühl trifft ihn wie feine Nadelstiche, weil er der festen Überzeugung ist, dass er nur Angst um sich selbst gehabt hat.

Er zwingt sich, wieder Haltung zu zeigen, und zählt bei jedem Händedruck leise mit; er konzentriert sich auf die hastig gemurmelten Beleidsbekundungen, und die oft inhaltsleeren Worte beruhigen ihn.

Rosenberg hat schon zu Beginn der Trauerfeierlichkeit mit Erleichterung festgestellt, dass sein Sohn dem Begräbnis ferngeblieben ist. Der Anblick des besten Freundes seines Sohnes, der plötzlich in der Reihe der Kondolierenden auftaucht, gefährdet nun aufs neue Rosenbergs Standfestigkeit.

Eine unergründliche Leere übt einen gewaltigen Sog auf ihn aus, und wie ein eisiger Hauch erreicht ihn die Nachricht vom Selbstmordversuch seines Sohnes.

KAPITEL ZWEI

I

Peter Rosenberg setzt auf Veränderungen. Wenige Wochen nach dem Nervenzusammenbruch auf dem Friedhof plant er seine künftige Karriere als erfolgreicher Schriftsteller. Intensiv widmet er sich eigenen Entwürfen für einen neuen Wohnsitz, die er bis ins Detail vorantreibt. So beschäftigt er sich nicht nur mit der möglichen Lage des gewünschten Grundstücks am Rande einer alten, gewachsenen dörflichen Gemeinde, sowie mit dem Baustil des ihm vorschwebenden gutshausähnlichen Gebäudes, sondern er verwendet viel Mühe darauf, die gesamte Inneneinrichtung der neuen Behausung, und insbesondere die Ausstattung des Arbeitszimmers, genau zu konzipieren. Er überlegt sogar, den Schreibtisch im Arbeitszimmer so zu platzieren, dass er während der Arbeit jederzeit vom Sessel aus durch ein großes Fenster in den baumbestandenen Garten schauen kann.

In weniger aktiven Phasen wundert er sich über den trivialidyllischen Charakter dieser Vorstellungen; jedoch zwingt ihn seine Phantasie, geradezu diktatorisch, die Stunden des Denkens und Schaffens in aller Abgeschiedenheit zu antizipieren, und lässt so Anklänge an bereits Erreichtes und Geglücktes aufkommen.

Unumgängliche Verpflichtungen drohen Rosenbergs guter Stimmung etwas Moroses, Gereiztes zu unterlegen, weil sie, seiner Meinung nach, wie zu enge Fesseln die unbedingt notwendige freie Beweglichkeit seiner Vorstellungen behindern.

So beschränkt er die Verabschiedung seiner langjährigen Mitarbeiter auf eine kurze mündliche Mitteilung, die beinhaltet, dass die Leitung des Redaktionsstabes in andere Hände übergehen wird, verzichtet darauf, seinen Sohn in der psychiatrischen Klinik zu besuchen, und lässt ihm durch die Krankenhausverwaltung seine neue Anschrift zustellen.
Seinen Freund bedenkt Rosenberg in keiner Weise.
 Rosenberg ist der festen Überzeugung, alles, was ihn betrifft, verändern zu können, wenn er nur strikt vermeidet, sich zu erinnern.

II

Nichts hindert Rosenberg, seine Pläne in die Tat umzusetzen. Weder die nicht zustande gekommene Schlüsselübergabe noch die Unzuverlässigkeit der mit der Renovierung beauftragten Malerwerkstatt und schon gar nicht die terminbedingten Schwierigkeiten mit dem Umzugsunternehmen. Allerdings verspürt er in Erinnerung an einen kurzen Traum der vergangenen Nacht ein eher dämpfendes, taubes Gefühl, das ihn wie von fern her begleitet.
Ohne Verwunderung hatte er im Traum beim Gang durch die leeren Räume seines neuen Hauses festgestellt, dass nicht nur die Fenster, sondern auch alle Wände durchsichtig waren, jedoch irritierte ihn ein großes Buch mit kostbarem Ledereinband, das im Badezimmer auf dem Boden lag, weil es nur leere, eingerissene Seiten enthielt.
Während des langandauernden Umzugs und insbesondere während des Ein- und Umladens der zahlreichen

Bücherkisten muss Rosenberg immer wieder an die merkwürdigen Traumerlebnisse denken und meint plötzlich ein reißendes Gefühl entlang der Wirbelsäule zu spüren.

Er erschrickt vor der Vorstellung, sich eine Querschnittslähmung zuzuziehen und dann behindert zu sein.

III

Rosenbergs Meinung darüber, was ein gutes Buch ausmachen soll, wechselt von Stunde zu Stunde. So stellt er zunächst stilistische Merkmale in den Vordergrund; dann gibt er dem Sujet den Vorzug, und verliert sich schließlich immer mehr in Betrachtungen über die Metaphorik in Nietzsches Zarathustra.

Aus einem der vielen, noch nicht ausgepackten Umzugskartons, sucht er schriftliche Aufzeichnungen seiner erfolgreichsten Reportagen über den Nahen-Osten sowie Berichte über Hinterbliebenenschicksale und Kommentare zu politischen Entwicklungen in Vorderasien heraus, und legt sie bald wieder auf einen Stapel ungeordneter Papiere, weil sie ihm keinen Anknüpfungspunkt bieten.

Rosenberg spürt in seinem Inneren etwas Leeres, Unausgefülltes. Wie die sprichwörtliche gähnende Langeweile macht es ihn dumpf und schwer. Aus diesem Gefühl heraus fragt er sich, ob er überhaupt ein Anliegen hat; ob es für ihn einen Grund gibt, ein Buch zu schreiben. Zugleich scheut er sich, alles infrage zu stellen, weil er befürchtet, dann ins Grübeln zu kommen.

Rosenberg widmet seine ganze Aufmerksamkeit einer Einladung des Bürgermeisters der kleinen hiesigen Gemeinde, die ihm zu Ehren einen Empfang geben will. Er setzt viel daran, eine Dankesrede auszuformulieren, in der er weniger seine eigene Person, sondern vielmehr die Bedeutung und geschichtliche Entwicklung der dörflichen Gemeinschaft hervorzuheben versucht.

IV

Etwa um Mitternacht stört eine Serie von Telefonanrufen Rosenbergs Schlaf. Nicht abrupt, sondern ganz allmählich weckt ihn das wiederkehrende, mehrmalige Klingeln des Telefons, sowie das klickende Einschaltgeräusch des Anrufbeantworters. Er vermutet später, dass er die ersten Anrufe gar nicht oder nur im Halbschlaf wahrgenommen hat und schätzt die Anzahl der Anrufe auf mehr als dreißig. Noch bevor er das Tonband des Aufzeichnungsgerätes ganz zurückspulen kann, klingelt erneut das Telefon, und wie er es erwartet, meldet sich der Anrufer nicht.

Rosenberg hatte schon früher Anrufe dieser Art erhalten. Oft wurde er beschimpft, als elendiger Schmierfink verunglimpft oder wurde beleidigt, indem man ihn Ratte titulierte, und es wurde ihm mit Vergeltung und Mord gedroht. In diesen Fällen gelang es ihm stets, die Anrufe seinen derzeit aktuellen Recherchen, veröffentlichten Berichten oder Reportagen zuzuordnen.

Bevor Rosenberg sich wieder schlafen legt, fragt er sich, ob ihn nicht vielleicht sein Freund auf diese Weise stören will.

V

Während der Feierstunde in dem bis auf den letzten Platz besetzten Gemeindesaal empfindet Rosenberg ein Gefühl drohender Unsicherheit. Bewunderung und Anerkennung kommen ihm verkehrt vor, und die Stille, die ihn auf dem Weg zum Podium begleitet, erscheint ihm trügerisch. Wie eine unsichtbare, durchdringende Strahlung erreicht ihn die gespannte Aufmerksamkeit des Publikums, und er meint zu spüren, dass seine Haut immer enger wird.

Rosenbergs Rede gerät kürzer, als allgemein erwartet wird, und die überbrückenden Fragen des Bürgermeisters, die insbesondere auf den Grund für Rosenbergs Ortveränderung abzielen, beantwortet der Ehrengast fast wortkarg und eher ausweichend. Rosenberg hebt ganz allgemein die Notwendigkeit einer kreativen Pause in neuer, andersartiger Umgebung hervor und macht Andeutungen zu einem literarischen Vorhaben, das nur in der Stille, in der Zurückgezogenheit Form annehmen kann.

Nach dem offiziellen Teil der Feierlichkeit verabschiedet er sich rasch, noch bevor es zu intimeren Vieraugengesprächen kommen kann. Dennoch fühlt er sich ausgeschlossen und sogar später, in seinen eigenen vier Wänden, aus einem für ihn nicht fassbaren Grund bedroht und nicht mehr sicher.

VI

Nicht nur während der wenigen Stunden, in denen Rosenberg ohne Erfolg versucht ein Buch zu schreiben, sondern auch im Verlaufe der zeitraubenden Bemühungen das umzugsbedingte Chaos zumindest zeitweise zu beseitigen, indem er nun endlich die sich im Wohnzimmer auftürmenden Umzugskartons auspackt, das gute Geschirr, die antiken Gläser, das Silberbesteck und auch die anderen Kleinigkeiten im Büfett oder in der Vitrine unterbringt, vermisst er die Zielstrebigkeit, die sonst immer für seine Vorhaben typisch war. Es fehlt ihm der Elan, mit dem er seine Karriere als Schriftsteller geplant hat. Er wundert sich über die häufigen ängstlichen Momente, in denen mehr oder weniger konkrete Befürchtungen den Ton angeben. Er fragt sich, ob es ihm an Selbstdisziplin mangelt. Ihm fällt auf, dass er sich in letzter Zeit angewöhnt hat, verschiedene Tätigkeiten gleichzeitig zu beginnen, oder aber, ganz im Gegenteil dazu, sich stundenlang in gegenstandslosen Grübeleien zu verlieren. So kommt es vor, dass er herumliegende Dinge einordnet, um im gleichen Augenblick wichtige Papiere herauszusuchen, dass er in der Küche Wasser zum Teekochen aufsetzt, zur Haustür läuft, um in den Briefkasten zu schauen, und plötzlich innehält, weil ein weitentfernter, undefinierbarer Gedanke seine ganze Aufmerksamkeit erfordert. Rosenberg entwickelt die Vorstellung, er habe sich vom gleichmäßigen, vorantreibenden Fluss des Lebens entfernt, und irre nun orientierungslos im undurchdringlichen Uferdickicht herum. Obwohl diese Phantasie ihm sehr zusagt, vermisst er zugleich eine Erklärung für die Motive seines Tuns.

VII

Erneute nächtliche Telefonanrufe, sowie seitenlange Drohbriefe, die außer Beschimpfungen wie Dreckschwein, Verräter und Morddrohungen vor allen Dingen religiöse Heilsbotschaften beinhalten, stellen Rosenberg vor die Alternative, sich entweder erneut mit den bereits abgeschlossenen journalistischen Recherchen zu beschäftigen oder aber diese Belästigungen mit einer inneren Haltung von ignorierender Toleranz zu übergehen. Einerseits ist er, zumindest für einen Augenblick, fast erleichtert, mit diesem äußeren Geschehen konfrontiert zu werden. Er meint eine Möglichkeit, einen Ausweg darin erkennen zu können, dass er sich nochmals mit der dubiosen Sekte beschäftigen kann. Andererseits lastet die Vorstellung, einen Schritt zurück in die Realität machen zu müssen, schwer auf ihm.

Rosenberg spürt, dass selbst die kleinsten Dinge, etwa die alltäglichen notwendigen Verrichtungen, in seiner Wahrnehmung zu unüberwindbaren Hindernissen werden, so, als verwandelten sich, beim Blick durch eine riesenhafte Lupe, Staubkörner zu Felsbrocken. Ihm ist bewusst, dass er gerade jetzt Selbstkontrolle braucht, aber der Gedanke an eine erneute Flucht vor den Ereignissen, lässt sich nicht mehr beiseiteschieben.

KAPITEL DREI

I

Rosenberg nimmt sich vor, endlich sein Buch zu beginnen oder wenigstens ein kurzes Exposé zu verfassen, aber er scheitert jedes Mal mit seinem Vorsatz.

Dabei hat er schon oft in seiner Phantasie Seite für Seite seines mindestens fünfzehn Kapitel umfassenden Buches fertiggestellt, hat lange Textstellen perfekt ausformuliert, verschiedene Erzählebenen kunstvoll verknüpft und sogar die Faszination erlebt, die von den gelungenen subtilen Anspielungen auf zeitgeschichtliche Ereignisse und von der Farbigkeit des überaus lebendigen exotischen Hintergrunds ausgeht.

Rosenberg verliert sich in Bildern, die Elemente antiker griechischer Mythologie mit nahöstlicher Kriegswirklichkeit sowie autobiographisch-heimatlichen Ansichten vereinigen.

Tatsächlich muss er sich jedoch eingestehen, dass er es gerade noch schafft, morgens aus dem Bett aufzustehen, und dass es ihm nur mit großer Mühe gelingt, etwas zu essen zuzubereiten, um dann oft stundenlang, fast ohne Regung, herumzusitzen. Es kommt ihm vor, als wäre er mit schweren Eisenketten an Armen und Beinen gefesselt, so dass nur minimale Bewegungen möglich sind, die ihn zudem fast an den Rand seiner Kräfte bringen.

Im Gegensatz zu seiner äußeren Trägheit erlebt Rosenberg seine innere Welt geradezu in Aufruhr, bedrängt von einer Flut unfassbarer Gedanken, in denen immer wieder Schuldvorwürfe und Versäumnisse anklingen,

so dass er sich nicht nur aus Gründen der Erschöpfung
nach Ruhe sehnt.

Erst gegen Abend fühlt er sich freier, dann tauchen Erinnerungen an seine erfolgreichen journalistischen Zeiten
auf, die es ihm fremd vorkommen lassen, dass er derart
an sich selbst gezweifelt hat. Allerdings bleibt auch in
diesen Momenten eine satte, trübe Stimmung übrig, die
wie die Abenddämmerung den Horizont verfinstert.

II

Stechende Schmerzen im Brustkorb, verbunden mit rasendem Kopfweh, beeinträchtigen Rosenbergs Befindlichkeit,
so dass es ihm unmöglich ist, das Bett zu verlassen. Er
denkt sofort an Lungenkrebs und Hirntumor, doch es
gelingt ihm, diese beängstigenden Überlegungen rasch
beiseite zu schieben. Es kommt ihm in den Sinn, dass seine momentanen Beschwerden einige seiner Probleme, wie
etwa seine Unfähigkeit, notwendige Erledigungen anzupacken, gleichsam wie eine Barriere von ihm fernhalten.
Zugleich trifft ihn die Erinnerung an das Krankenlager
seiner verstorbenen Ehefrau wie ein Blitz aus heiterem
Himmel und schnürt ihm die Kehle zu. Trotz anhaltender
Schmerzen flüchtet er geradezu aus dem Bett und kommt
erst wieder ein wenig zur Ruhe, nachdem er sich im Arbeitszimmer vor seinen Schreibtisch gesetzt hat.

Rosenberg weigert sich weiterzudenken, doch die Bilder
mit dem schmerzverzerrten Gesicht, dem zuckenden,
krampfenden Leib, und den sich in das Bettlaken krallenden Fingern setzen sich durch. Jede Sequenz dieser
vergangenen Impressionen steigert seine innere Unruhe
und lässt ihn fühlen, wie schuldig er ist.

III

Rosenberg hat es sich zur Angewohnheit gemacht, die schon an der handgeschriebenen Adresse erkennbaren Drohbriefe nicht mehr zu öffnen, sondern gleich zu vernichten. Ebenso versucht er die mitternächtlichen Serien von Telefonanrufen einfach zu überhören. Allerdings wird er eines Morgens von einer kurzen Nachricht auf dem Anrufbeantworter überrascht. Eine fremde männliche Stimme übermittelt Grüße von Rosenbergs Sohn. Dabei nennt der Unbekannte weder seinen Namen, noch folgt irgendein weiterer Kommentar jedoch meint Rosenberg einen höhnischen Unterton in der Stimme des Anrufers wahrnehmen zu können.

Rosenberg zweifelt keinen Moment daran, dass die Nachricht genauso wie die Schmähbriefe und der Telefonterror mit dieser fanatischen Religionsgemeinschaft zusammenhängen.

Etwa eine Woche lang bleibt er bis spät nach Mitternacht wach, ohne die fremde Stimme noch einmal zu hören. Ebenso ergibt die Lektüre aller neu eintreffenden Schmähschriften keinen Hinweis auf eine Verbindung zwischen seinem Sohn und der fanatischen Glaubensgemeinschaft. Dennoch überschlagen sich Rosenbergs Phantasien. Einmal sieht er seinen Sohn als entführte Geisel, gefesselt und geknebelt in einem Kellerverlies. Ein andermal als ein gefügig gemachtes Werkzeug für Mordanschläge.

Rosenberg wird beklemmend deutlich, dass er seinem Sohn angesichts seiner momentanen Verfassung in keiner noch so schrecklichen Gefahrensituation zu Hilfe

kommen kann, und er spürt, wie diese Einsicht seine
Meinung von sich selbst weiter herabsetzt.

IV

In zwei aufeinanderfolgenden Nächten durchlebt Rosenberg jedes Mal die gleiche Traumsituation.
Er schleppt eine antike Frauenbüste mit sich und gerät in Begleitung seines Sohnes auf der Flucht vor unsichtbaren Verfolgern an den Rand einer schroffen Klippe. Wie automatisch entledigt er sich seiner Last und drückt das verwitterte Kunstwerk seinem Sohn in die ausgestreckten Hände, der daraufhin das Gleichgewicht verliert und abstürzt. Genau an dieser Stelle bricht der Traum beide Male ab, und Rosenberg wacht schweißgebadet auf.
Obwohl sein Schlafbedürfnis schier unstillbar ist, zwingt er sich in den folgenden Tagen und Nächten, so lange wie möglich wach zu bleiben, weil er meint, so einer Wiederholung der belastenden Traumerlebnisse zu entgehen.
Rosenberg weigert sich, die offensichtliche Traumbedeutung, sich auf Kosten seines Sohnes gerettet zu haben, ernst zu nehmen. Zugleich befürchtet er, vor sich selbst als unglaubwürdig dazustehen, weil er einerseits den Inhalt der nächtlichen Schauergeschichte als belanglos hinstellt, andererseits Angst davor hat, gerade damit konfrontiert zu werden.

V

Rosenberg fragt sich, ob er sich nicht einfach zu sehr gehen lässt, ob es ihm nicht an Selbstbeherrschung fehlt, weil er die Stunden vom frühen Morgen bis zum späten Nachmittag meist nutzlos verstreichen lässt und lediglich in den wenigen Stunden bis zum Zubettgehen die eine oder andere dringend notwendige hauswirtschaftliche Verrichtung zuwege bringt. Er überlegt, ob er sich nicht selbst zwingen soll, mehr Verantwortung und Eigenfürsorge zu übernehmen, etwa indem er die regelmäßigen Lebensmittellieferungen und auch den Wäschedienst kurzerhand abbestellt.

Zugleich ertappt er sich dabei, wie er Gedanken über den Hungertod nachhängt, dem er in den Kriegsgebieten oft begegnet ist, und es kommt ihm so vor, als verleihe dieser Tod den Betroffenen, trotz aller Erbärmlichkeit, etwas Losgelöstes, nahezu Übersinnliches und eine über alle Zweifel erhabene, mahnende moralische Kraft.

Rosenberg verbietet sich, weiter darüber nachzudenken, und verpflichtet sich selbst, mindestens einmal am Tag, noch vor der Mittagsstunde das Haus zu verlassen, und sei es auch nur, um in dem großen Garten nach dem Rechten zu sehen.

Er vermeidet es, sich weitere Fragen zu stellen, etwa, ob ihm die Erledigung seiner selbstauferlegten Pflichten gelingen wird, oder ob es überhaupt einen Sinn hat, sich derartiges auszudenken, weil er spürt, dass jeder Versuch einer Veränderung letztlich zum Scheitern verurteilt ist.

Er fasst den Entschluss, jetzt, sofort, einige Schritte vor die Tür zu gehen, aber er lässt die Haustür, kaum dass

er sie geöffnet hat, wieder ins Schloss fallen, weil er ein
älteres Ehepaar sieht, dass vor der Gartenpforte steht,
und gründlich die vordere Hausfront und den Vorgarten
inspiziert.

VI

Völlig unvermittelt tauchen in Rosenbergs Vorstellung
Phantasien vom eigenen Begräbnis auf, in denen er
nicht nur den in die Grube hinabgelassenen, blumen-
geschmückten Sarg, sondern, inmitten der Trauerge-
meinde, seinen Sohn mit rotverweinten Augen vor sich
sieht. Diese Bilder erschrecken Rosenberg, weil sie ihn
fast mit Sehnsucht erfüllen. Er befürchtet, sich dieser
außerordentlichen Eindrücke nicht mehr erwehren zu
können, und sucht verzweifelt nach einem überzeugen-
den Gedanken, einem stichhaltigen Argument, um so
einen Ausweg aus seiner Krise zu finden. Es kommt ihm
sogar in den Sinn, fremde Hilfe in Anspruch zu nehmen,
jedoch verwirft er diese Überlegung gleich wieder, weil
er meint, dass ihn das zu sehr kränken würde.
Nur ganz flüchtig erscheint das Gesicht seines Freundes vor Rosenbergs innerem Auge, insbesondere dessen
begehrlicher, fordernder Blick, und diese Erscheinung
nimmt Rosenberg jeglichen Mut, gibt der quälenden
inneren Unruhe Auftrieb. Er spürt, wie sich ein unge-
heurer Druck in ihm aufbaut, und er ist sich nicht sicher,
ob er dem lange standhalten kann. Um sich abzulenken,
geht er wahllos von einem Raum seines Hauses in den
nächsten und bleibt schließlich, in der Küche vor der
mit schmutzigem Geschirr vollgestellten Spüle stehen.
Er bückt sich, um aus einem Fach unter dem Spültisch

eine unangebrochene Packung Abflussreiniger hervor-
zuholen, und schüttet den zweifarbigen Inhalt direkt auf
den Fliesenfußboden. Er nimmt sich Zeit, die kleinen
Kügelchen entsprechend ihrer Farbe zu sortieren, und
überlegt dabei, ob wohl die weißen oder die blauen Per-
len das ätzendere Gift enthalten.

KAPITEL VIER

I

Rosenberg konsultiert einen Nervenarzt. Er ist bereit, fremde Hilfe anzunehmen. Dennoch zögert er, der Verordnung des Psychiaters einfach zuzustimmen. Erst zusätzliche Erläuterungen und Erklärungen des Mediziners zu Wirkungen und Nebenwirkungen der Psychopharmaka zerstreuen seine vage Befürchtungen vor medikamentöser Überfremdung.

Das Angebot des Arztes, zweimal wöchentlich zu einem Gespräch in der Praxis zusammenzukommen, lehnt Rosenberg dagegen strikt ab. Er macht geltend, dass durch zu häufige Kontakte Möglichkeiten für unbeabsichtigte Indiskretionen entstehen können, die dann, bei seiner noch beachtlichen Popularität, unerwünschte publizistische Reaktionen hervorrufen würden.

Er bemerkt, dass der Arzt die Stirn runzelt und mit den Fingern der rechten Hand auf der Schreibtischplatte trommelt. Rosenberg wendet sich ab, und schenkt den weiteren Ausführungen des Psychiaters nicht mehr seine ungeteilte Aufmerksamkeit. Ein Blick aus dem halbverhangenen Fenster des Ordinationsraums erinnert ihn daran, dass er immer wieder Passanten beobachtet, die vor seinem Haus am Gartenzaun stehen bleiben, um etwas vornüber gebeugt einen Blick in das Innere seines Domizils zu werfen. Er stellt fest, dass die neugierigen Zaungäste ihn gar nicht ärgern, und ihm auch nicht wie eine Bedrohung vorkommen, sondern ihm schmeicheln und eine Art passive Teilhabe am äußeren Leben ermöglichen. Lediglich die Vorstellung, die fremden Personen könnten versuchen, die schmiedeeiserne Gartentür zu überwinden, um dann an der Haustür Einlass zu begehren, beunruhigt ihn. Geradezu in Panik gerät er bei dem Gedanken, dass bekannte Personen, etwa sein Sohn oder gar sein Freund plötzlich vor der Tür stünden.

II

Obwohl Rosenberg fest entschlossen ist, die Therapievorschläge des Nervenarztes zur Umgestaltung seiner Lebensgewohnheiten, Regelung seines Tagesablaufes nicht zu ernst zu nehmen, und die Hinweise, Rosenberg solle weniger Kaffee trinken und sich mehr bewegen eher wie die üblichen Ermahnungen zur gesunden Lebensweise zu behandeln, spürt er, dass es ihm nicht gelingt, diese Ratschläge einfach zu übergehen.
Es kommt ihm vor, als könne er sich selbst nicht trauen. Vielleicht, so überlegt er, waren es die ungläubigen Blicke des Arztes oder dessen ungeduldige Gesten, die Rosenberg irritierten und die jetzt Selbstzweifel in ihm aufkommen lassen. Dabei verteidigt er innerlich die Art und Weise seiner Lebensführung, die eng mit seinem beruflichen Neubeginn verknüpft ist, und schiebt den Gedanken, es handele sich im Grunde genommen nur um die Auswirkungen seiner Flucht vor nicht gelösten Beziehungsproblemen, schnell beiseite.
Rosenberg setzt auf Selbstüberwindung, um den tückischen Grübeleien über Schuld und Versagen den Boden zu entziehen. Er ist entschlossen, die literarische Arbeit zu forcieren und sich allen Hindernissen zum Trotz in seinem neuen Haus aufs Beste einzurichten.

III

Wie ein Dämpfer unterdrücken die immer-wiederkehrenden nächtlichen Telefonanrufe Rosenbergs optimistischere Gefühlsschwingungen.

Er kann sich nicht länger vormachen, er habe sich an die Belästigungen gewöhnt, und das Problem der Ruhestörung sei durch Herabregelung der Lautstärke des Klingelzeichens nahezu beseitigt. Er gesteht sich ein, dass er immer nervöser auf die nächtlichen Ereignisse reagiert und dass er im Stillen stets gehofft hat, der Terror werde auch ohne sein Zutun, wie ein böser Spuk, plötzlich vorübergehen.

Im nachhinein wundert er sich über seinen Kinderglauben, der ihm vorspiegelt, alles werde wieder gut. Allerdings fühlt er seine Ahnung bestätigt, dass seine Gedanken und Empfindungen um ein- und dieselbe Sache oft mehr voneinander abweichen, als er vor sich selbst zugeben mag. So meint er einmal deutlich zu spüren, wie viel Freiheit und Unabhängigkeit ihm seine selbstgewählte Isolation beschert. Andererseits fühlt er, dass gerade dieser konsequente Rückzug die innere Leere und Unruhe verstärkt.

Allerdings ist er fest davon überzeugt, dass die unmittelbare Nähe zu anderen Menschen fast unerträglich wäre und dass beispielsweise sein Bedürfnis nach Sexualität kaum noch vorhanden ist.

Mit diesen Überlegungen empfindet er eine gewisse Nähe zu dem Hinweis des Nervenarztes, Rosenberg mache aus der Not eine Tugend, und Rosenberg fragt sich, ob es nicht richtiger gewesen wäre, das Gesprächsangebot des Psychiaters nicht so strikt abzulehnen. Zugleich wächst in ihm jedoch die Befürchtung, der Arzt könne Rosenbergs besondere Notlage für sich ausnutzen und seine momentane Empfindlichkeit gegen ihn verwenden.

Rosenberg beschließt, seine allzu positiven Erwartungen an fremde Hilfe zu dämpfen und sich auf seine eigenen Kräfte zu verlassen.

IV

Widerwillig setzt Rosenberg sich vor seinen Schreibtisch. Sein Nacken schmerzt und jede Kopfbewegung wird zur Qual.

Der Blick von seinem Sessel aus durch das große Fenster in den baumbestandenen Garten, der ihm beim Einrichten des Arbeitszimmers so wichtig war, interessiert ihn nicht mehr. Er denkt, es wäre ihm völlig egal, selbst wenn er auf die Trümmer von Beirut, oder die babylonischen Schlachtfelder schauen würde. Aber gerade dieser Einfall weckt sein Interesse und dabei tragen ihn seine Gedanken quer durch ein Stück Weltgeschichte. Das Gesetzbuch des Königs Hammurabi kommt ihm in den Sinn, die Plünderung Babylons durch die Hethiter, das spätere Reich der Assyrer, Ninive, Zarathustra, Nebukadnezar. Rosenberg holt ein altes Schulgeschichtsbuch hervor, und repetiert einige Abschnitte dieser frühen Kulturgeschichte. Auf angenehme Weise verbinden sich vor seinen Augen Abbildungen ästhetischer Kunstgegenstände mit geschichtlichen Ereignissen. So betrachtet er fasziniert die Schwarzweißphotographie einer phrygischen Omphalosschale mit Blattverzierung aus dem achten Jahrhundert vor Christi Geburt und gelangt im his-

torischen Abriss über Gordion nach Troia. Er spürt den
Fluss seiner Gedanken, der ihn jetzt in die griechische
Sagenwelt eintauchen lässt. Rosenberg ist erregt. Ohne
lange nachzudenken, entwirft er handschriftlich ein
kurzes Exposé. Zunächst noch vage erscheinen die Um-
risse einer Frauengestalt. Ihm schwebt eine christliche
Antigone aus dem Beirut des zwanzigsten Jahrhunderts
vor, die, die gesetzten Verbote des Familienoberhauptes
übergehend, ihren muslimischen Bruder begräbt.
Er macht sich gleich daran, erste Sätze zu formulieren,
gerät jedoch bald ins Stocken. Ohne zu zögern zerreißt
er die wenigen beschriebenen Seiten.
Es widerstrebt ihm, vor sich selbst zuzugeben, dass er
zu hoch gegriffen hat und dass seine Vorstellungen vor
der Realität nicht bestehen können.

V

Rosenbergs Stimmung ist auf einem Tiefpunkt. Nichts
ist ihm mehr etwas wert.
Zwar dämpfen die Psychopharmaka die quälende innere
Unruhe, doch ein dumpfer Druck hinter dem Brustbein,
der das Atmen erschwert, bringt ihn fast zur Verzweiflung.
Er erwägt, gegen den ausdrücklichen Rat des Arztes,
sich unmittelbar nach der Medikamenteneinnahme zwei
große Gläser Cognac einzugießen, um sie nacheinander
in einem einzigen Zug zu leeren. Nur die Angst, durch
diese unvernünftige Handlung einen Kreislaufkollaps
zu riskieren, hält ihn davon ab.
Unangemeldet sucht Rosenberg die Praxis des Nervenarztes auf. Dort verlangt er sofort vorgelassen zu werden,

jedoch erwähnt er dem Arzt gegenüber seine aktuellen Beschwerden mit keinem Wort. Er gibt vielmehr zu verstehen, dass er inzwischen nicht mehr sicher sei, ob er das Gesprächsangebot des Mediziners so grundsätzlich ablehnen dürfe, auch wenn die hindernden Gründe nicht einfach gegenstandslos wären. Rosenberg ist enttäuscht, dass sich der Arzt auf dieses Eingeständnis in keinerlei Weise einlässt, sondern statt dessen ausdauernd und wie abwesend auf seine Schreibtischunterlage starrt. Rosenberg widersteht dem Impuls, die Konsultation abrupt abzubrechen. Er beruhigt sich und äußert dann fast beiläufig, dass ihm wohl möglicherweise gar nicht geholfen werden kann.

Ohne eine Entgegnung des Nervenarztes abzuwarten, verabschiedet sich Rosenberg freundlich und höflich von seinem Gesprächspartner.

VI

Es fällt Rosenberg auf, dass er seit einiger Zeit sein Arbeitszimmer meidet. Ebenso bemerkt er jedes Mal ein tiefes Unbehagen, wenn er sich in der Küche dem Spültisch nähert. Ihm ist bewusst, dass dieses unangenehme Gefühl eng mit den unglücklichen Stunden verbunden ist, die er in der Küche auf dem Fliesenfußboden verbracht hat, doch wundert er sich darüber, dass dieses zurückliegende Ereignis, einen so anhaltenden Eindruck in seinem Inneren hinterlassen hat.

Rosenberg hält sich oft in seinem Schlafzimmer auf. Nachdem es ihm gelungen ist eine Geheimnummer für seinen Telefonanschluss zu bekommen, verlaufen die Nächte ungestört.

Zu seiner Überraschung treffen bald nach der Umstellung auch keine Drohbriefe mehr ein.
Einerseits ist er erleichtert, nun nicht mehr belästigt zu werden, andererseits beunruhigt es ihn, der Sache nicht auf den Grund gegangen zu sein.
Es kommt Rosenberg in den Sinn, dass es ihm überhaupt an Erklärungen mangelt.
Der Gedanke, kurz vor dem Höhepunkt seiner Karriere als medienpräsenter, erfolgreicher Journalist unaufhaltsam, wie im freien Fall, abgestürzt zu sein und nun als unfähige, lebensuntüchtige Kreatur in einem selbstgeschaffenen Gefängnis dahinzuvegetieren, ergreift von ihm Besitz, und es belastet ihn, vor sich selbst unwissend, quasi mit leeren Händen dazustehen.

KAPITEL FÜNF

I

Im nachhinein wundert sich Rosenberg über den panischen Schrecken, den ihm seine Phantasie eingejagt hat. Dabei tauchten diese Bilder wie aus dem Nichts heraus auf.

In unmittelbarer Nähe, geradezu überdeutlich, sah er seinen Sohn und seine Frau vor sich auf einem kahlen Steinfußboden knien, beide an Armen und Beinen gefesselt. Ohne zu zögern trat Rosenberg von hinten an die Gefangenen heran, und streckte zuerst seinen Sohn, dann seine Frau mit einem Genickschuss nieder. Wie nach einem Alptraum fühlte Rosenberg sein Herz bis zum Halse pochen. Kalter Schweiß stand ihm auf der Stirn. Dabei war er sich sicher, weder geschlafen, noch geträumt zu haben. Einem inneren Impuls folgend, wandte er sich rasch um, doch er fand die Tür zum Schlafzimmer wie zuvor verschlossen. Überhaupt wirkte der ganze Raum völlig unverändert.

Er ruft sich selbst zur Besinnung. Er verbietet es sich, diesen verrückten Einbildungen weiter nachzuhängen. Zugleich spürt er jedoch, dass es ihm nicht möglich ist, die Gedanken einfach abzuschalten. Tief im Hinterkopf, wie unter einer dünnen Decke, aber stets in Bewegung, machen diese Vorstellungen sich den ganzen Tag über immer wieder aufs Neue bemerkbar.

II

Ganz gegen seine Gewohnheit verwickelt Rosenberg den jungen Postboten, den er fast jeden Tag sieht, in ein längeres Gespräch. Es gelingt Rosenberg sogar, den jungen Mann wie einen Gast ins Haus zu bitten, um ihn dort mit Tee und Keksen zu bewirten. Dabei setzt sich Rosenberg über das anfängliche Zögern des Postbediensteten einfach hinweg und übersieht auch dessen demonstrative Blicke zur Armbanduhr.

Im Verlaufe der angeregten Konversation fallen Rosenberg stets neue Fragen ein, die insbesondere auf Hobbys oder kreative Neigungen des jungen Mannes abzielen und die sein Gegenüber geradezu in Fahrt bringen. Mit hochrotem Kopf berichtet der knapp Zwanzigjährige, dass er nach Feierabend insgeheim an einem historischen Romanstoff arbeite, der die Geschichte des englischen Königshauses zum Inhalt habe.

Obwohl der junge Autor betont, dass er noch gar nicht soviel über seinen Text sagen könne, ist er doch in seinem Redefluss kaum zu stoppen. Detailliert schildert er einzelne bereits fertiggestellte oder noch in Arbeit befindliche Romanpassagen, und schlägt auf diese Weise einen weiten Bogen über das gesamte umfangreiche Projekt.

Rosenberg spürt, wie sich sein anfängliches Interesse in Unbehagen wandelt. So empfindet er die Stimme des jungen Mannes jetzt als schrill und aufdringlich, und die fiebrig glänzenden Augen seines Gastes lösen Abscheu in ihm aus.

Rosenberg hört dem Vortragenden dennoch geduldig zu und willigt sogar ein, sich die bereits ausformulierten

Kapitel des Romans bei einem weiteren Treffen vorlesen zu lassen, um sie dann wohlwollend zu prüfen.

Rosenberg wird deutlich, dass ihn die Gesellschaft dieses jungen Mannes zwar stört, ihn jedoch von seiner zunehmenden inneren Verzweiflung ablenkt.

III

Beim morgendlichen Duschen schämt sich Rosenberg seiner nackten Haut. Dabei fällt ihm auf, dass er es stets vermeidet, länger als unbedingt nötig, beispielsweise beim Rasieren, in den Spiegel zu schauen, es sei denn, um nach Krankheitsanzeichen zu forschen. Er fragt sich, ob er sich überhaupt schon einmal richtig ins Angesicht geblickt hat. Beim Frisieren überwindet er seine Scheu und betrachtet die kahle Kopfplatte mit dem grauen kurzgestutzten Haarkranz. Rosenberg begegnet seinem leeren, aus-druckslosen Blick, und dabei hat er den Eindruck, dass die graue Färbung der Regenbogenhaut seinen Augen etwas Unbestimmtes, Durchsichtiges verleiht.

Das Läuten der Haustürklingel reißt Rosenberg aus seinen Betrachtungen. Er zögert. Er ist fest davon überzeugt, dass der junge Postbote mit dem Romanfragment vor der Tür steht. Rosenberg malt sich aus, wie der junge Autor, nach mehrmaligem vergeblichem Klingeln, versuchen wird, sich auf Zehenspitzen zu stellen, den Hals zu recken, um mit einem Blick durch das Flurfenster den Hausherrn zu erspähen. Rosenberg muss sich eingestehen, dass diese Vorstellung ihn freut. Er läuft rasch in das Ankleidezimmer hinüber, um von dort aus die Vorgänge im Vorgarten und auf der Straße zu beobachten.

Er ist enttäuscht. Weder der Postbote im blauen Anorak, noch das kleine gelbe Postauto sind zu sehen; nicht einmal die zierliche schmiedeeiserne Gartenpforte steht offen.

IV

In dieser Nacht findet Rosenberg keinen Schlaf. Obwohl ihm die Augen zufallen, schreckt er kurz vor dem Einschlafen immer wieder plötzlich hoch. Unvermittelt auftauchende Gedanken lassen ihn nicht zur Ruhe kommen. Dabei kreisen seine Überlegungen wie Teilchen in einem Schwerefeld um einen Mittelpunkt, in dem das Schicksal seiner verstorbenen Frau alle Anziehungskräfte in sich vereinigt.

Rosenberg ist sich nicht mehr sicher, ob er die Krankheit seiner Frau genügend wahrgenommen hat und ob er nicht vielleicht zu wenig getan hat, um die rätselhaften Vorgänge aufzuklären.

Es ist ihm nicht verborgen geblieben, dass seine Frau bald nach der Geburt des Kindes unter panischen Angstanfällen litt und infolge dieser psychischen Einschränkung kaum noch das Haus verließ. Ebenso bemerkte er, etwa zu Beginn der Schulzeit des Sohnes, eine weitere Verschlechterung ihrer Gesamtverfassung. Sie vernachlässigte ihr äußeres Erscheinungsbild, begann sich zu schonen und verbrachte einen großen Teil des Tages im Bett. Erst im nachhinein erfuhr er, dass zu dieser Zeit die ersten Schmerzattacken aufgetreten waren.

Rosenberg stellt fest, dass es, dank guter Beziehungen auch zu bekannten medizinischen Größen ein Leichtes für ihn gewesen wäre, die besten Spezialisten mit diesem

Fall zu beauftragen. Tatsächlich, so muss er sich jedoch eingestehen, hatte er es seiner kranken Frau überlassen, sich um ärztliche Hilfe zu bemühen, und er hatte auch nie ein Wort darüber verloren, wie merkwürdig ihm die Behandlung mit den immer häufiger notwendig werdenden Morphiuminjektionen vorgekommen war.

Rosenberg wehrt sich gegen die Vorstellung, die Kranke ihrem Schicksal überantwortet zu haben und lediglich Zeuge oder Zuschauer ihres Verfalls geworden zu sein, und dabei taucht in ihm ganz unvermittelt der Gedanke auf, dass das Böse, bei Licht betrachtet, oft so banal erscheint.

V

Rosenberg vereinbart einen Gesprächstermin mit dem Nervenarzt, sagt ihn dann jedoch in letzter Minute wieder ab. Er befürchtet plötzlich, sich nicht genügend im Griff zu haben und dadurch ungewollt etwas über den Besuch des Postboten zu erzählen. Dabei wartet er an diesem Morgen schon ungeduldig auf den jungen Autor, lässt ihn dann, kaum dass er in der Tür steht, fast nicht zu Wort kommen und gibt ihm schnell einen Termin für eine erste Probelesung.

Mit Befriedigung registriert Rosenberg die aufgeregte Reaktion des jungen Mannes, die hastige Zusage und die gestammelten Dankesworte.

Rosenberg zögert einen Augenblick und überlegt, ob er seinem Besuch vielleicht nachschauen soll, schließt dann jedoch rasch die Tür und vernimmt schließlich, etwas gedämpft, das ihm bekannte Motorengeräusch.

In der anschließenden Stille kommt es Rosenberg vor, als habe sein Haus etwas von seinem repräsentativen Glanz verloren. Die große Diele erscheint ihm mit einem Mal kahl und leer. Der zierliche goldene Spiegel, den er stets für ein besonders ausgesuchtes Stück hielt, hängt jetzt wie verloren an der breiten Wand. Die goldgerahmten Landschaftsskizzen wirken farblos und blass.
Für einen kurzen Augenblick zieht er in Erwägung, den Termin beim Psychiater doch noch wahrzunehmen, verwirft diese Überlegung jedoch gleich wieder.
Er steigt langsam die geschwungene, weißlackierte Holztreppe hinauf und geht in sein Arbeitszimmer. Wahllos ergreift er einen Stapel der herumliegenden Papiere und setzt sich dann hinter seinen Schreibtisch. Er versucht sich abzulenken, indem er die Schriftstücke sichtet, aber es gelingt ihm kaum, sich darauf zu konzentrieren. Immer wieder beschäftigen sich seine Gedanken mit dem schreibenden Postmann.
Rosenberg fragt sich, ob es nicht zu voreilig war, dem aufstrebenden Autor so rasch einen Termin anzubieten, und ob dadurch bei dem jungen Schriftsteller nicht zu hohe Erwartungen geweckt würden. Zugleich muss Rosenberg sich jedoch eingestehen, dass er selbst tief im Inneren weitreichende Hoffnungen mit dem abendlichen Besuch des jungen Gastes verknüpft.

VI

In Rosenbergs Vorstellung verlieren Nähe und Distanz ihre unüberbrückbare Gegensätzlichkeit. Dazu löst er in seiner Phantasie alle Bindungen an Ort und Zeit, um quasi mathematisch zu sichern, dass die Ereignisse sowohl hier wie auch dort, sowohl gestern wie auch heute und ebenso übermorgen erlebt werden können. Nach seiner fester Überzeugung kann es nur so gelingen, Anderen zu begegnen, ohne ihnen zu nahe zu kommen, und sich von ihnen zu entfernen, ohne sie aus den Augen zu verlieren. Er treibt sein Gedankenexperiment weiter voran. Dabei bereitet es ihm Schwierigkeiten, die theoretischen Ergebnisse bildhaft umzusetzen. So bietet ihm seine Vorstellungskraft zwei verschiedene mögliche Abbildungen. In einer Hinsicht erscheint die Menge der wahrscheinlichen Begegnungsereignisse unendlich ausgedehnt und nicht wirklich fassbar; von der anderen Seite betrachtet, kommt nur ein winziger Punkt zum Vorschein, der wie ein Konzentrat alle Vorkommnisse beinhaltet.

Er stockt in seinen Überlegungen. Ein beklemmendes Gefühl breitet sich in ihm aus, und er muss an den jungen Postboten denken.

Rosenberg fragt sich, ob sein ort- und zeit-loser Zustand nicht einfach ein intellektuelles Hirngespinst ist, das er mit einer Attitüde von Allmacht geschaffen hat, um sein eigenes Wohlbefinden zu sichern, und dabei wird ihm deutlich, dass er Ablehnung und Missachtung kaum ertragen kann.

VII

Ohne erkennbaren Grund schläft Rosenberg an diesem Vormittag länger als in all den vergangenen Wochen und Monaten.

Noch ehe er sich wäscht und anzieht, schaut er nach der Post. Zwischen den üblichen Werbeprospekten, Bank-

benachrichtigungen und Rechnungsschreiben, findet
er einen kleinen, weißen Zettel, auf dem der Postbote in
sauberer Handschrift mitteilt, dass er den vereinbarten
abendlichen Lesungstermin nicht einhalten kann. Rosenberg knüllt das Stück Papier zusammen und wirft
es auf den Boden.

Er ist entschlossen, dieser Absage keinerlei Bedeutung
beizumessen und an seinem morgendlichen Programm
ohne Einschränkung festzuhalten. Rasch steigt er die
Stufen zum oberen Geschoss hinauf, wendet sich am
Treppenabsatz der rechten Flurhälfte zu und geht direkt ins Badezimmer. Wie zufällig begegnet er seinem
Gesicht im Spiegel. Ihm fallen die dunklen Tränensäcke,
die glasigen Augen und die hohlen, mit Bartstoppeln
übersäten Wangen auf. Er zögert. Mehrere Minuten steht
er unschlüssig da. Schließlich greift er mit einer brüsken
Bewegung des rechten Armes nach seinem Bademantel,
und reißt dabei einen zierlichen goldenen Haken aus
der Wand.

An diesem Morgen schlägt er die Warnungen des Arztes
in den Wind. Er lässt die verordneten Medikamente einfach weg, und gießt sich stattdessen nacheinander zwei
volle Gläser Cognac ein, die er dann hastig mit großen
Schlucken leert.

Er erwartet die entspannende Wirkung des Alkohols,
doch zugleich spürt er, dass er mehr und mehr die Kontrolle über seine Gedanken und seine Empfindungen
verliert. Ohnmächtig und hilflos fühlt er sich zutiefst
ärgerlich Vorstellungen ausgesetzt, die wie mächtige
Wellen aufsteigen und sich unaufhaltsam in ihm ausbreiten. Er ist voller Vorwürfe gegen die anderen, die
ihm Angst und Schrecken einjagen.

Er beschuldigt den Postboten, sein Entgegenkommen wie ein Schmarotzer missbraucht und dann missachtet zu haben.

Auch seine verstorbene Frau, ebenso sein Sohn, hätten ihn mit ihren Problemen in unerträglicher Weise malträtiert und sich dann aus dem Staub gemacht.

In Erinnerung an den Telefonterror der fanatischen Religionsgemeinschaft gerät er schließlich in Rage. Er ist fest davon überzeugt, dass diese Aktionen Schuld sind an seiner elenden Verfassung, seinem übernächtigten ,bleichsüchtigen Aussehen und seinem feigen, memmenhaften Gehabe.

Rosenberg hält es zu Hause nicht mehr aus.

Die Vorstellung im Recht zu sein, und sich zur Wehr setzten zu dürfen, ergreift von ihm Besitz.

Per Telefon bestellt er ein Taxi, doch kurz bevor er ins Auto einsteigt, läuft er nochmals ins Haus zurück, um im Wohnzimmer Cognac in eine Taschenflasche zu füllen.

VIII

Während der Fahrt in die Stadt hat Rosenberg nicht das Gefühl, betrunken zu sein, obwohl er dem Alkohol weiterhin zuspricht. Mit den ersten Schritten an frischer Luft ändert sich jedoch seine Empfindung. In seinem Kopf breitet sich eine dumpfe , wolkenartige Benommenheit aus, die sich von innen auch auf seine Augäpfel legt, und es fällt ihm schwer, aufrecht zu stehen und zu gehen.

Er stolpert die drei Stufen zur Eingangstür des Versammlungsraum der fanatischen Religionsgemeinschaft hinauf, die sich an der vorderen Hausseite nahe einer hohen Mauer befindet, und während er vergeblich an dem runden Türknauf rüttelt, steigt eine unangenehme Übelkeit in seinem Brustkorb auf, die immer weiter nach oben drängt. Mit hastigen Schritten wendet er sich der linken, freistehenden Seite des einstöckigen Gebäudes zu, und vornüber gebeugt übergibt er sich mehrmals. Rosenberg fühlt sich erleichtert, er lässt Wasser und beobachtet mit Interesse, wie sich die weißverputzte Hauswand durch den Urin dunkel verfärbt. Behände schlüpft er dann durch ein schmales, weit hinabreichendes Fenster, nachdem er zuvor die dünne Glasscheibe eingeschlagen und den Riegel gelöst hat.

Die ersten Stühle im Versammlungsraum stößt er versehentlich um, doch danach tritt er in voller Absicht mit den Füßen gegen das Mobiliar und lässt keine Sitzgelegenheit mehr stehen. Anschließend macht er sich an den Kerzenleuchtern und dem Altar zu schaffen.

Ohne zurückzuschauen, steigt Rosenberg in einen unbeleuchteten Kellergang irrt dort herum und findet sich plötzlich eingeschlossen in einem dunklen Abstellraum wieder. Er ist verdutzt und stemmt sich mehrmals gegen die Eisentür, durch die er gekommen ist. Die Tür gibt nicht nach. Er rüttelt an der Klinke, bearbeitet das Hindernis mit Fußtritten, doch auch diese Aktionen bleiben erfolglos. Wut und Angst schaukeln sich in ihm hoch. Er tritt einmal, zweimal, dreimal, viermal gegen die Tür. Der Rückweg bleibt verschlossen. Nach weiteren ergebnislosen Versuchen hält er inne. Müdigkeit und Erschöpfung besiegen seinen Widerstandwillen. Zunächst setzt, dann legt er sich auf den kahlen Steinfußboden. Die Augen fallen ihm zu.

Ein schreckliches Durstgefühl reißt Rosenberg aus seinem Schlaf. Benommen und mit brummendem Schädel realisiert er allmählich, dass er sich immer noch in dem finsteren Keller befindet.

Die Tatsache, dass es Rosenberg fast sofort glückt, sich zu befreien, indem er instinktiv ein zugestelltes Fenster ausfindig macht, durch das er sich hindurchzwängen kann, berührt ihn kaum, doch der Umstand, dass er sich danach in einem verwilderten Garten vor einer über zwei Meter hohen Mauer wiederfindet, bringt ihn zur Verzweiflung.

KAPITEL SECHS

I

Rosenberg fühlt sich erleichtert, dass er nicht der Versuchung erlegen ist, sich im ersten Moment dem fürsorglichen Krankenhausarzt anzuvertrauen. Dabei bereitete es ihm Mühe, den Überblick zu behalten und den wahren Sachverhalt der vorangegangen Ereignisse zu verschweigen. Sowohl die heftigen, bohrenden Schmerzen im rechten Bein als auch die Schläfrigkeit hinderten ihn daran, klar zu denken und sich zu konzentrieren.

Die folgenden ärztlichen Untersuchungen, die oft schmerzhaften Manipulationen und selbst die für den nächsten Tag vorgesehene operative Behandlung zählen in Rosenbergs Vorstellung nicht. Seine Verschwiegenheit hält, einem schützenden Mantel gleich, die Blicke und die Urteile der Anderen fern und gewährt ihm zumindest für einige Zeit Schutz vor Kränkung und Beschämung.

Rosenberg spürt, dass der nette Stationsarzt die widersprüchlichen Angaben zum Unfallhergang bemerkt und sich nicht einfach damit abfinden will.

So stellt Rosenberg den Ablauf einmal in der Weise dar, dass er um das Haus herumgelaufen sei, durch ein Fenster vom Garten aus in den Versammlungsraum der Religionsgemeinschaft geschaut und dann beschlossen habe , sich durch die vordere Eingangstür Einlass zu verschaffen. Dabei sei er den dreistufigen Hausaufgang hinuntergefallen; ein anderes Mal behauptet Rosenberg, er sei gleich zur Haustür gegangen, in diesem Augenblick sei ihm wegen des erheblichen Alkoholkonsums schwindelig geworden. Auf die folgenden Versuche des Arztes, die zutreffende Version herauszufragen, reagiert Rosenberg mit demonstrativ zur Schau gestellten Schmerzen und registriert mir Erleichterung die Hilflosigkeit des Helfers.

II

Es fällt Rosenberg schwer ,die Augen offen zu halten. Obwohl die fast vollständig herabgelassene Jalousien den weiß getünchten Raum verdunkeln, dringen doch durch Spalten und Ritzen Lichtstrahlen bis zum Kopfende des Krankenbetts und setzten auf seiner Netzhaut kleine spitze Schmerzpunkte. Andererseits spürt er bei geschlossenen Augen eine deutliche Verschlimmerung des latent vorhandenen Brechreizes.
Es ist Rosenberg nicht möglich, seine Gedanken in eine bestimmte Richtung zu lenken. Das zunehmende Misstrauen des Klinikarztes, das längere Gespräch mit dem jungen Postboten, und schließlich seine erste Reportage aus Beirut, insbesondere die Nacht in einem provisorischen Luftschutzkeller, beschäftigen ihn. Rosenberg sieht das düstere Gewölbe deutlich vor sich, die kahlen Wände , die schummrige Beleuchtung , und plötzlich, auf eine für ihn unerklärliche Weise , verändert sich die Umgebung. Der Raum wird finsterer und enger , und wie durch Geisterhand verschwinden die libanesischen Begleiter und das Kamerateam. Rosenberg bleibt allein zurück und liegt an beiden Beinen angekettet auf einem Steinfußboden. Er meint vor Schmerzen aufschreien zu müssen, weil die eiserne Fesseln seine Unterschenkel vollständig abschnüren.

Ein sanfter Druck auf den Brustkorb weckt Rosenberg. Wie von weit entfernt hört er eine ruhige , leise Frauenstimme. Ganz allmählich erkennt er die Nachtschwester, die mit einem Glas Wasser und einem Medikamentenschälchen neben seinem Bett steht. Rosenberg richtet seinen Oberkörper langsam auf und greift nach der Tablette , doch im nächsten Augenblick muss er sich übergeben, und er erbricht in einem Schwall dünnflüssigen, gelblichgrünen Schleim auf die weiße Bettdecke. Obwohl Rosenberg hundeelend ist, schämt er sich zugleich dafür, dass er alles beschmutzt hat, und nur die ruhige freundliche Art, mit der die junge Schwester dem Frischoperierten zuspricht, lässt dieses ungute Gefühl milder werden.

III

Vor allen anderen Dingen wünscht sich Rosenberg, wieder in Ruhe seine eigenen Angelegenheiten überdenken und regeln zu können. Es kommt ihm vor, als sei er seit der Einlieferung ins Krankenhaus in einen Strudel überaus geschäftiger medizinischer Untersuchungen und Behandlungen geraten, der seine innere Orientierung und seine Selbstbehauptung mit sich fortgerissen hat. Dabei spürt er, wie wichtig es gerade jetzt für ihn wäre, einen eigenen Standpunkt zu beziehen, um sich Klarheit über die vergangenen Ereignisse zu verschaffen.
Rosenberg ist sich sicher , nicht nur zu hause, sondern auch im Taxi Cognac getrunken zu haben. Zu diesem Zweck hatte er extra eine flache, silberne Taschenflasche vollgefüllt und eingesteckt. Es ist ihm ebenso ganz gegenwärtig, dass er sich dann, während der Fahrt in die

Stadt einerseits wie losgelöst, andererseits auf eine für ihn unerklärliche Weise doch gefangen gefühlt hat.

Die Erinnerungen an die folgenden Erlebnisse, insbesondere das Eindringen in den Versammlungsraum der fanatischen Religionsgemeinschaft, das Umherirren in dem dunklen Kellergewölbe, die Gefangenschaft und auch die Selbstbefreiung tauchen dagegen nicht so klar, sondern unscharf, wie verwaschen in seinem Gedächtnis auf. Ganz deutlich sieht er sich hingegen wieder in dem verwilderten Garten, vor der mehr als zwei Meter hohen Mauer stehen.

Eine junge Krankenschwester, die ankündigt, Puls und Blutdruck messen zu wollen, unterbricht seine Überlegungen. Fast im gleichen Augenblick betreten der Chefarzt, der Stationsarzt und die Oberschwester den Raum, und kaum hat die ärztliche Visite begonnen, steckt der Physiotherapeut den Kopf durch die Tür des Krankenzimmers.

Rosenberg fühlt die Nähe zu seinen inneren Bildern wieder schwinden, und zugleich breitet sich in ihm die Angst aus , als fremd-bestimmtes Objekt unterzugehen.

IV

Rosenberg ist fest entschlossen, die Ärzte, Schwestern, Pfleger und Therapeuten bei ihren Bemühungen, den Patienten rasch wieder auf die Beine zu stellen, nach besten Kräften zu unterstützen. Obwohl der Krankengymnast die klare Anweisung gibt, Rosenberg solle das verletzte Bein nur bis zur Schmerzgrenze bewegen, beißt Rosenberg die Zähne zusammen und versucht die

Belastung immer noch ein Stückchen weiter voranzutreiben. Allerdings beschert diese Vorgehensweise ihm einen herben Rückschlag. Eine zunehmende Schwellung des rechten Unterschenkels verhindert für mehrere Tage jeglichen Fortschritt.

Rosenberg behandelt alle Krankenschwestern und auch Krankenpfleger mit ausgesprochener Höflichkeit. Er bedankt sich für jede noch so kleine Hilfestellung. Ebenso reicht er die Blumensträuße und die Präsente, die ihm nach Erscheinen mehrerer Meldungen über das Unfallgeschehen in der lokalen Tagespresse zugesandt wurden, an das Pflegepersonal weiter. Einen etwas ausführlicheren Zeitungsbericht, der besonders die publizistische Arbeit des inzwischen zurückgezogen lebenden Journalisten Rosenberg würdigt nutzt der Stationsarzt, um mit Rosenberg nochmals über den Hergang des Sturzes zu sprechen. Einerseits spürt Rosenberg die stolze Haltung des Mediziners, während dieser die Zeitungsmeldung über den prominenten Patienten wiedergibt; der durch Funk und Fernsehen bekannte Journalist P. Rosenberg sei infolge eines Schwächeanfalls einen dreistufigen Hausaufgang hinabgestürzt, habe sich dabei schwer verletzt und werde nun in der Universitätsklinik behandelt; andererseits fühlt sich Rosenberg vor Gericht gestellt. Wie ein bestellter Gutachter weist der Arzt schlüssig nach, dass die schwerwiegenden Verletzungen nicht allein durch einen Sturz aus so geringer Höhe verursacht worden sein konnten. Dabei schließt seine Stellungnahme die Aussagen der Augenzeugen mit ein, sie hätten Rosenberg nur wenige Meter von dem dreistufigen gemauerten Hausaufgang entfernt, der zum Versammlungsraum einer religiösen Sekte führt, unweit der an das Haus grenzenden hohen Steinmauer bewusstlos auf dem Straßenpflaster vorgefunden. Mit provozierender Deutlichkeit konstatiert der Stationsarzt, dass diese Zeugenberichte nichts über den tatsächlichen Ablauf des Unfallgeschehens aussagen.

V

Eine kurze Weile grübelt Rosenberg über eine sanfte , angenehme , versöhnlich stimmende Melodie nach, die er nicht zuordnen kann, die ihm aber plötzlich nicht mehr aus dem Kopf geht. Allein in seinem Krankenzimmer, summt er den Anfang dieser sehr bekannten Arie vor sich hin.

Dabei kommt ihm in den Sinn, dass er in den zurückliegenden Tagen Fehler gemacht und sich ins Unrecht gesetzt hat. Er hätte nicht die Scheibe einschlagen, das Fenster aufdrücken und in die Räume der Religionsgemeinschaft eindringen dürfen.

Er fragt sich, ob es nicht im wahrsten Sinne des Wortes eine Schnapsidee war, die ihn dazu verleitet hat, einfach einem Impuls nachzugeben.

Rosenberg erinnert sich , dass er schon ziemlich angetrunken war, als der Taxifahrer ihn nach dem Fahrtziel fragte. Zunächst hatte er nicht recht gewusst, was er antworten sollte, doch dann nannte er eine Anschrift, die ihm gerade einfiel. Erst als er vor dem Gebäude stand, und das Schild neben der Eingangstür sah, wurde ihm klar, wohin er sich hatte fahren lassen, und er fasste plötzlich den Entschluss, von der linken, freistehenden Hausseite aus in die Räume der Sekte einzudringen.

Rosenberg schämt sich dafür, ein Einbrecher geworden zu sein, und obwohl dieses Gefühl fast unerträglich ist,

nimmt es doch etwas von dem inneren Druck, der ihn
so hilflos macht.

Rosenberg versucht sich abzulenken. Seine Gedanken
wandern wieder zu der hübschen Melodie, von der er
nun meint, sie zuordnen zu können. Er ist sich ziemlich
sicher, dass das Lied im letzten Akt der Oper „Die Hoch-
zeit des Figaro" vorkommt. Seiner Meinung nach wird
diese Arie vom Grafen Almaviva gesungen, der auf diese
Weise seine Ehefrau um Verzeihung bittet.

VI

Rosenberg betritt sein Haus. Obwohl er sicher ist, dass
er die Eingangstür stets gewissenhaft abschließt, findet
er sie weit offen. In der Diele fallen ihm die fremden,
obszönen Photographien auf, die anstelle der goldgerahmten Landschaftsskizzen nebeneinander hängen,
doch er vermeidet es, sie genauer anzuschauen.

Er öffnet die weißlackierte Holztür, aber, anders als er
es erwartet, steht er nicht im Wohnzimmer, sondern befindet sich in einem ihm unbekannten, schmalen Korridor, der nach einigen Schritten nach rechts abbiegt und
dann in den Keller führt. Er muss sich klein machen
und durch einen niedrigen, engen und dunklen Gang
kriechen, der plötzlich endet und den Blick freigibt auf
ein hohes kuppelförmig überdachtes, matt beleuchtetes
Gewölbe.

Rosenberg erkennt neben sich den Stationsarzt und
einen Polizisten, die beide auf ihn einreden, doch er
beachtet sie nicht. In der Mitte des Raumes sieht er ein
weißes Krankenhausbett stehen, in dem zwei Frauen regungslos nebeneinander liegen. Nachdem er sich dem

Krankenlager bis auf wenige Schritte genähert hat, gibt es für ihn keinen Zweifel mehr. Seine Mutter und seine Frau teilen sich die Bettstätte.

KAPITEL SIEBEN

I

Noch bevor Rosenberg aus dem Krankenhaus entlassen wird, bekommt er Besuch von einem Polizeibeamten. Dabei wird dem Unfallopfer von offizieller Seite mitgeteilt, dass die routinemäßige Untersuchung des Unfallgeschehens abgeschlossen wurde.

Eher beiläufig erwähnt der Kriminalist den Versammlungsraum der fanatischen Religionsgemeinschaft und weist auf die große räumliche Nähe dieser Kultstätte zu der Stelle hin, an der Rosenberg bewusstlos aufgefunden wurde. Nach Auffassung der Polizei, so erfährt Rosenberg, sei es in der Vergangenheit häufiger vorgekommen, dass sich diese Sekte auch für Prominente interessiert hat; man habe bei diesem Unfall ebenfalls daran gedacht, doch dagegen spreche, dass sich diese religiöse Gruppierung vor nicht allzu langer Zeit selbst aufgelöst hat, nämlich bald nachdem zwei ihrer führenden Köpfe wegen Entführung und räuberischer Erpressung vor Gericht gestellt worden waren. Der Versammlungsraum, so ergänzt der Polizeibeamte, wurde seit gut zwei Monaten nicht mehr benutzt.

Rosenberg gehen die Details dieses Berichts lange nicht aus dem Kopf, und dabei drängt sich ihm der Gedanke auf, wie dicht Wahrheit und Lüge manchmal beieinander liegen und wie weit sie zugleich voneinander entfernt sind.

Nur vordergründig sträubt sich Rosenberg gegen die vom Sozialdienst des Krankenhauses empfohlene und vermittelte Hilfe für den Haushalt. Tatsächlich ist er heilfroh, dass die junge Frau, die ihm sogleich anbietet, sie mit ihrem Vornamen Karina anzusprechen, ihn von der Station abholt und im Taxi nachhause begleitet.

Er befürchtet nicht so sehr, den Alltag wegen der Bewegungseinschränkungen im rechten Bein nicht selbständig bewältigen zu können, sondern ihm graut davor, aufs Neue in ein Stimmungstief zu geraten, wenn er wieder mit der häuslichen Umgebung konfrontiert wird. Erst während der letzten Tage des Krankenhausaufenthaltes wurde Rosenberg bewusst, dass er sich viel unbeschwerter und lebendiger gefühlt hat.

So nahm er Kontakt zu einem älteren grauhaarigen Patienten auf, der ihn in seiner freundlichen aber sehr distanzierten Umgangsart an seinen Vater erinnerte. Beide kamen schnell miteinander ins Gespräch, zunächst über politische, dann über philosophische Themen; im Vordergrund standen dabei einerseits die stets brisante Lage im Nahen Osten, sowie Fragen der Ethik, der Moral, die der ältere Mitpatient für sich aufgriff, indem er einige eigene Gedanken zu Kants „Kategorischem Imperativ" mitteilte. Obwohl die absolute Bejahung strengster Prinzipien Rosenberg erschreckte, vielleicht gerade auch weil damit die Ähnlichkeit mit dem Vater noch mehr unterstrichen wurde, wandelte sich seine spontane Sympathie für diesen älteren Herren in offene Zuneigung.

Das Zusammentreffen mit dem Stationsarzt dagegen wirkte auf Rosenberg immer wieder wie ein Wermutstropfen in süßem Wein. Zu sehr hatte sich das Verhalten des anfänglich so netten und freundlichen Arztes verändert. Nicht nur dass Rosenberg die mitfühlenden, fürsorglichen Fragen nach der Befindlichkeit des Patienten vermisste; der Stationsarzt verdrehte fast bei jeder Bemerkung Rosenbergs genervt die Augen, und forderte immer wieder von ihm, er solle endlich zugeben, dass er hinsichtlich des Ablaufes des Unfalls nicht die Wahrheit gesagt, sondern gelogen habe.

Rosenberg spürte beim Anblick des nun so eisigen, abweisenden Gesichtsausdrucks des Mediziners jedes Mal einen dumpfen Druck in der Magengegend und fürchtete sich insgeheim vor dessen inquisitorischer Frageweise, und gerade diese Haltung seines Gegenübers machte es Rosenberg unmöglich, sich dem Arzt vielleicht doch anzuvertrauen.

Auf der Heimfahrt im Taxi vergegenwärtigt sich Rosenberg nochmals den vermutlichen Hergang des Unfalls. Er ruft die Erinnerung an den Augenblick zurück, in dem er sich selbst unterhalb des Versammlungsraums der Sekte in dem engen Kellerloch eingeschlossen hat. Vergeblich hatte er sich bemüht, die eiserne Tür, durch die er gekommen war, wieder aufzudrücken. Vielleicht, so stellt er für sich selbst fest, waren es die Wirkung des Alkohols und die Müdigkeit, die ihn kopflos werden ließen, so dass er sich für einige Zeit hilflos, wie ein gefangenes Tier im Kreis bewegte. Er ist sich sicher, irgendwann auf dem Kellerboden liegend eingeschlafen und dann plötzlich hochgeschreckt zu sein. Im nachhinein kommt es ihm fast wie ein Wunder vor, dass er sich schließlich ins Freie retten konnte.

Rosenberg bemerkt gar nicht, dass das Taxi bereits vor seinem Haus hält. Er spürt einen leisen Luftzug

in seinem Gesicht, und indem er den Kopf zur Seite
wendet, erkennt er die junge Haushaltshilfe, die mit
ausgestrecktem rechten Arm neben der geöffneten Bei-
fahrertür steht. Widerwillig lässt er sich aus dem Auto
heraus helfen.

Ehe er sein Haus wieder betritt, wandern seine Gedanken abermals zu dem Unfallgeschehen. Rosenberg
stellt für sich fest, dass es wahr ist, dass seine Erinnerungen nur bis zu dem Augenblick reichen, in dem er
inmitten des verwilderten Gartens direkt vor der hohen
Steinmauer gestanden hat. Es steht für ihn außer Frage,
dass er auf irgendeine Weise das über zwei Meter hohe
Hindernis erklommen hat. Er fragt sich, ob er sich nicht
einfach hat hinunterfallen lassen, weil ihm in diesem
Moment alles gleichgültig war.

III

Wie ein mildes Frühlingswetter erlebt Rosenberg das
Wirken der jungen Haushaltshilfe in seinem geräumigen
Haus. Dabei ist es nicht die durch die weit geöffneten
Fenster und Türen zirkulierende frische Luft die diesen
belebenden Effekt hervorbringt. Auch der zarte Duft der
zahlreichen Blumenarrangements erklärt seiner Meinung nach nicht diesen Zauber. Rosenberg ist fest davon
überzeugt, dass es im Wesen der jungen Frau begründet
liegt, diese besondere Atmosphäre zu verbreiten.

Einen Moment lang sinnt er darüber nach, ob ihm
früher schon einmal etwas Derartiges begegnet ist. Erinnerungen an einen Presse-Ausflug im Frühling und
an die einzige intime Begegnung mit seiner späteren

Ehefrau bringen seine Überlegungen jedoch rasch zu einem Ende.

Rosenberg spürt, dass er am liebsten eine Schürze umbinden würde, um in der Küche mitzuhelfen; so wie er es früher als Kind bei seiner Mutter getan hat. Beim Kuchenbacken durfte er den Teig rühren, und selbstverständlich auch naschen, und die Mutter lachte herzlich über sein teigverschmiertes Gesicht.

Rosenberg wird deutlich, wie gern er sich an die Zeit seiner Kindheit erinnert, bevor der Vater die Familie verließ und die Mutter einen Selbstmordversuch verübte.

IV

Obwohl Rosenberg alles daran setzt, ein Zusammentreffen mit dem Postboten zu vermeiden, steht er doch eines Morgens dem jungen Mann gegenüber.

Rosenberg muss sich selbst eingestehen, dass er sich verschätzt hat. Er meinte zu wissen, die Post würde stets gegen Mittag gebracht, so früh am Vormittag hatte er erwartet, seiner Haushaltshilfe die Tür zu öffnen.

Rosenberg fühlt sich ertappt. Er kommt jedoch nicht dazu, sich länger zu besinnen, denn der junge Mann ergreift die Initiative und entschuldigt sich in aller Form für die kurzfristige Absage des vereinbarten Lesungstermin.

Rosenberg gibt sich kühl. Er ist nicht bereit, die Entschuldigung so ohne weiteres zu akzeptieren. Doch bevor er ein Wort dazu sagen kann, erscheint die Haushaltshilfe auf der Treppe vor der Haustür, und wie in einem Königinnendrama dominiert sie , allein durch ihre bloße Anwesenheit, die Szene. Der Postbote gibt sofort seinem

Entzücken Ausdruck, sie wieder zu sehen, und macht ihr Komplimente über ihr Aussehen , über ihre Kleidung , ihre Frisur und ihre Art, sich wie eine Prinzessin zu bewegen.

Unwillkürlich tritt Rosenberg einen Schritt zurück.

Erst später , nachdem die Haustür wieder verschlossen ist und die Haushaltshilfe sich in der Küche zu schaffen macht, kommt Rosenberg der Gedanke , dass der junge Postbote absichtlich so früh am Vormittag aufgetaucht ist. Es geht ihm nicht aus dem Sinn, mit welchem Enthusiasmus der junge Mann die junge Frau begrüßt hat, und es wundert Rosenberg zugleich, dass diese Belanglosigkeit ihn so sehr deprimiert.

V

Ziemlich genau zwei Stunden nach Mitternacht schreckt Rosenberg plötzlich aus dem Schlaf hoch. Von einer Sekunde auf die andere ist er hell wach, und wie nach einem Wettlauf spürt er sein Herz rasen, und die Luft wird ihm knapp.

Er setzt sich auf die Bettkante , um besser atmen zu können. Er verharrt einige Minuten, ehe er im Dunkeln nach dem Schalter der Nachttischlampe greift.

Es irritiert ihn, dass er keinen Anlass für dieses unvermittelte Aufwachen ausmachen kann. Im Haus ist es still, und er ist sich nicht bewusst, dass er geträumt hat. Rosenberg möchte sich gern wieder hinlegen und weiterschlafen, doch zugleich drängt sich ihm der Gedanke auf, er müsse wach bleiben und sich auf etwas Bestimmtes besinnen.

Zunächst ist er ratlos. Zu viele Gedanken gehen ihm durch den Kopf. Einerseits beschäftigt ihn erneut die Begrüßung zwischen dem Postboten und der Haushaltshilfe, wobei er diesmal mehr die eigene Rolle als abseits stehender Beobachter im Blick hat , und er fragt sich , ob er sich nicht einfach von den beiden hat ausbooten lassen; andererseits tauchen Erinnerungen an die Kindheit auf, an die Tage nach dem Krankhausaufenthalt der Mutter ;dabei sieht Rosenberg die Mutter immer wieder regungslos vor dem Fenster stehen, und er erinnert sich, dass ihm schon als Kind klar war, dass er das Gespräch keinesfalls auf den Vater bringen durfte , denn dies hätte unweigerlich einen Wutausbruch der Mutter heraufbeschworen. Rosenberg wird mit einem Mal deutlich, dass ihm jede Form von Gemeinsamkeit mit anderen Menschen stets lästig war und dass er sich am liebsten, wenn es nicht all zu große Nachteile mit sich brachte , dem Beisammensein entzog.

Es kommt ihm so vor, als vollziehe sich dieses Miteinander der Menschen wie ein ruinöser Wettbewerb, der darauf angelegt ist, den jeweils anderen zu vernichten und zu zerstören, und in dem jeder der Beteiligten nur mit äußerster Vorsicht und größter Zurückhaltung überleben kann.

Dennoch spürt Rosenberg noch etwas anderes, ein Verlangen nach Kontakten, das er wie ein Hungergefühl erlebt, und ihm ist ganz klar, dass er sich davor schützen muss, weil es ihn abgrundtief traurig macht.

Rosenberg friert vor Müdigkeit, doch bevor er sich wieder hinlegt, blickt er ganz automatisch zum Telefon, und in diesem Moment fällt ihm ein, dass der Telefonterror, der ihn nächtelang peinigte , etwa zu dieser Stunde ebenso plötzlich wie er begonnen, wieder aufgehört hat.

VI

Völlig unbefangen bringt die junge Haushaltshilfe das Gespräch auf Rosenbergs Manier, jedes Mal zu zögern, bevor er die weißlackierte Holztür zum Wohnzimmer öffnet. Obwohl ihm gar nicht bewusst ist, dass er in dieser Weise verfährt, fühlt er sich bloßgestellt und findet keine Antwort auf die implizit gestellte Frage. Doch ganz so, als ob die junge Frau überhaupt nicht mit einer Erwiderung rechnete, fährt sie fort, indem sie in scherzhaftem Ton über Hausgeister und Hexen plaudert.

Rosenberg spürt, dass er die Bemerkungen seiner Gesprächspartnerin zu ernst nimmt, aber er kann sich nicht dagegen wehren, dass er sich angegriffen fühlt. Er befürchtet, zwischen zwei Ebenen zu geraten. Es kommt ihm vor, als würde der leichte Boden, auf dem die Haushaltshilfe ganz unbeschwert wandelt, unter seinem Gewicht zusammenbrechen, und er müsse in freiem Fall in die Tiefe stürzen.

Rosenberg schützt Schmerzen im rechten Bein vor, und begibt sich in sein Schlafzimmer. Dort legt er sich jedoch nicht in sein Bett, sondern stellt sich vor das schmale Fenster, das genau wie die breite Glasfront im Arbeitszimmer den Blick in den Garten ermöglicht.

Eher zufällig bemerkt er das bunte Blätterkleid der Laubbäume, und er stellt fest, dass ihm die jahreszeitlichen Veränderungen der Natur in den zurückliegenden Monaten auf unerklärbare Weise entgangen sind. Er fragt sich, ob ihm vielleicht sein Zeitgefühl verloren gegangen ist. Dabei sind ihm das Begräbnis seiner Frau und die Nachricht vom Selbstmordversuch seines Sohnes so gegenwärtig, als wären sie am Tag zuvor geschehen.

Rosenbergs Gedanken beschäftigen sich mit den Selbstmordversuchen in seiner Familie, die sich wie ein roter Faden durch seine Biographie ziehen. Zuerst der Suizidversuch seiner Mutter, später der seiner Frau, der seines Sohnes, und er ist sich sicher, dass er zweimal kurz davor gestanden hat, sich selbst zu töten.

Obwohl Rosenberg der Anlass gar nicht komisch vorkommt, muss er doch darüber lächeln, dass er im Traum hinter der weiß-lackierten Tür des Wohnzimmers seine Ehefrau und seine Mutter in einem Bett eng beieinanderliegend vorgefunden hat.

VII

Keineswegs zufällig wird Rosenberg Zeuge mehrerer kurzer Gespräche zwischen dem Postboten und der jungen Haushaltshilfe. Dabei richtet es Rosenberg stets so ein, dass er sich etwa zur infrage kommenden Zeit oberhalb der Diele, auf halber Höhe der Treppe aufhält, so dass er von der Haustür aus nicht gesehen werden kann, es ihm jedoch möglich ist, jedes gesprochene Wort klar und deutlich mit anzuhören.

Im nachhinein ist er allerdings der festen Überzeugung, dass es sich in keinem Fall gelohnt hat, diese dürftigen Dialoge zu belauschen. Das säuselnde Stammeln des jungen Galans erscheint Rosenberg verabscheuungswürdig, und es stellt für ihn keine Genugtuung dar, dass die junge Frau dem Postboten die kalte Schulter zeigt.

Rosenberg spürt immer mehr, wie sehr er sich an das Beisammensein mit der Haushaltshilfe gewöhnt hat. Eines Morgens bereitet er von sich aus den Frühstückstisch

vor, in der Hoffnung, seinem guten Hausgeist eine
Freude zu bereiten, doch er kann an der Reaktion der
jungen Frau ablesen, dass es ihr nicht recht ist, auf diese
Weise überrascht zu werden. Er meint im weiteren Ver-
lauf des Vormittages herauszufinden, dass es nicht die
versteckte Intimität ist, die die Haushaltshilfe ablehnt,
sondern dass sie es als ihre Aufgabe ansieht, Rosenberg
zu versorgen. So geht sie bei ihrer Arbeit oft über die ver-
einbarte Stundenzahl hinaus und lacht darüber , wenn
Rosenberg in wohlmeinender Fürsorge den Feierabend
anmahnt.

In manchen Details fühlt Rosenberg sich an das Zusam-
menleben mit seiner verstorbenen Ehefrau erinnert. Ihm
fällt auf, dass die Geduld der jungen Haushaltshilfe
schier unerschöpflich ist, dass sie umfangreiche, wenig
überschaubare Aufgaben mit ruhiger Umsicht und ohne
zusätzliche Hilfe erfolgreich zu Ende bringt. Auf diese
Weise hat sie Rosenbergs Umzugschaos in pure Ordnung verwandelt. Karina, so erinnert sich Rosenberg,
hatte in ähnlicher Gründlichkeit seine nahezu unleser-
lichen, strukturlosen handschriftlichen Aufzeichnungen
wichtiger politischer Gespräche zu tadellosen Texten
ausformuliert.

Es kommt Rosenberg wie ein eigentümlicher Zufall vor,
dass diese beiden äußerlich und auch vom Alter her so
unterschiedlichen Frauen bei ihrer Geburt den selben
Vornamen erhalten haben.

VIII

Die eher beiläufig geäußerte Mitteilung der Haushaltshilfe, der junge Postbote habe auf eigenen Wunsch den
Zustellbezirk gewechselt, versetzt Rosenberg in eine
fast euphorische Stimmung. Schon am Vormittag holt er
Champagner aus dem Keller und drängt die junge Frau,
mit ihm zu feiern. Zunächst lehnt die Haushaltshilfe
dankend ab, und versieht pflichtgemäß die anfallenden
Arbeiten, doch Rosenberg bemerkt sehr schnell, dass sie
sich kürzer als sonst in der Küche aufhält, und mehrmals
unter einem Vorwand ins Wohnzimmer hereinkommt.
Rosenberg hat nach dem zweiten Glas Champagner, das
er wie das erste in wenigen Schlucken ausleert, seine alte
Stereoanlage in Gang gesetzt und legt eine historische
Aufnahme mit Nat King Cole auf den Schallplattenteller.
Er fasst die junge Haushaltshilfe bei der Hand und führt
sie ins Wohnzimmer zu einem Tanz. Nach den ersten
Schritten liegt die Initiative in den Händen seiner jungen Tanzpartnerin. Es ist ihre Idee, die Möbel beiseite zu
schieben, um auf dem Wohnzimmerteppich ein Picknick
zu veranstalten. Sie wählt im Radio einen Sender mit
zeitgenössischer Popmusik aus und bedenkt Rosenberg
schließlich mit intensiven Zungenküssen.
Rosenberg ist sich sicher, dass er auch weitergehenden
Intimitäten nichts entgegenzusetzen gehabt hätte, weil
es ihm unmöglich gewesen wäre, die junge Frau zu ent-
täuschen und zu verletzen, und er war froh, dass sich
die Haushaltshilfe noch vor der Abenddämmerung mit
einem vielsagenden Augenzwinkern verabschiedete.

Noch am selben Abend teilt Rosenberg dem Sozialdienst des Krankenhauses mit, dass er seine Haushaltshilfe ab sofort nicht mehr benötige und ihr hiermit kündige.
Obwohl er sich nach dem Telefonat erleichtert fühlt, schämt er sich doch wegen seiner Feigheit.
Noch längere Zeit denkt er darüber nach, was er Karina hätte sagen sollen. Er bedauert, dass er der jungen Frau keine gute Freundin sein kann.

KAPITEL ACHT

I

Rosenberg versucht sich mit Arbeit abzulenken. Zwar gelingt es ihm nicht, so wie in den Wochen zuvor, schon früh am Morgen aufzustehen, doch spätestens um die Mittagszeit sitzt er an seinem Schreibtisch im Arbeitszimmer. Auf ein Frühstück verzichtet er, weil der Anblick der leeren Küche ihn traurig stimmt.

Der neuen, grauhaarigen Postfrau geht Rosenberg aus dem Weg, nachdem sie ihn wegen eines unzureichend frankierten Briefes zur Rede gestellt hat. Dabei fühlt er sich unschuldig, weil nicht er, sondern der Absender den Umschlag mit einer zu niedrig dotierten Briefmarke versehen hat. Verärgert wirft er das Schreiben ungeöffnet in die Mülltonne.

Er beschäftigt sich lange und ausgiebig mit den Unterlagen aus seiner früheren journalistischen Zeit. Es bereitet ihm ein besonderes Vergnügen die Texte herauszusuchen, die ihm Karina ausformuliert hatte. Bei der Lektüre dieser, von der Zeitgeschichte längst überholten politischen Gespräche, fallen ihm zum ersten Mal kurze Notizen, kleine Anmerkungen auf, die Karina dünn mit Bleistift an den Rand geschrieben hat. So liest er die Bemerkungen "die Frage wird nicht beantwortet - Gesprächspartner weicht aus" und „das kann zeitlich nicht hinkommen, da stimmt etwas nicht – das war früher". Er wird nachdenklich. Er fragt sich, weshalb ihm diese Randnotizen bislang entgangen sind, und ob seine Frau vielleicht etwas wahrgenommen hat, was er bei der

Auswertung der Gespräche gar nicht berücksichtigt hat. Er sucht zusätzliches Quellenmaterial heraus, und je genauer er sich wieder in die Materie einarbeitet, desto mehr Hinweise findet er, die Karinas kritische Anmerkungen bestätigen. Die konsequente Auswertung der Randbemerkungen führt ihn auf die Spur einer politischen Intrige zwischen zwei befreundeten libanesischen Familienclans, die noch nicht aufgedeckt wurde. Er ist begeistert, und in diese Gefühlsaufwallung mischt sich der dringende Wunsch, sofort mit Karina darüber zu sprechen. Er hält inne. Er ist verblüfft und verwirrt. Er kann nicht länger auf seinem Schreibtischsessel stillsitzen und beschließt einen kleinen Spaziergang durch den Garten zu unternehmen.

Rosenberg empfindet die klare, kalte Luft als angenehme Erfrischung. Er hat das Gefühl, sein Kopf wird wieder freier. Mitten im Garten, auf dem feuchten, blassgrünen Rasen, bleibt er stehen und betrachtet eine Gruppe kahler Bäume, die sich mit ihren dunklen Stämmen, Ästen und Zweigen wie ein fein-gearbeiteter Scherenschnitt vor dem grauen Himmel ausmachen. Obwohl er Gefallen an diesem Anblick findet, spürt er zugleich, dass er melancholisch wird, weil die entlaubten Baumkronen ihm so leblos vorkommen.

II

Obwohl Rosenberg überhaupt nicht mehr daran denkt, ein Buch zu schreiben, gelingt es ihm doch in kürzester Zeit, aus der Familienclanintrige Stoff für einen Roman im Reportagestil zusammenzustellen. Er dämpft seine Euphorie, indem er die Unterlagen schweren Herzens beiseite legt, und sich eine Schreibpause auferlegt, um Distanz zu seiner Idee zu bekommen. Er will vermeiden, sich in etwas hinein zu steigern, das später vor seinen Augen keinen Bestand hat. Für einen kurzen Moment überlegt er, ob er einen Verleger anrufen soll, um die Chancen für eine Veröffentlichung abzuklären.

Rosenberg langweilt sich. Er weiß, er müsste in der Küche und im Wohnzimmer nach dem rechten sehen, aber er kann sich nicht dazu aufraffen, Ordnung zu schaffen. Es wird ihm bewusst, dass er nie Langeweile verspürt hat, solange die Haushaltshilfe täglich um ihn war, obwohl er die meiste Zeit untätig verbracht hat. Er erinnert sich daran, dass es ihm während des Zusammenlebens mit seiner Frau ebenso ergangen ist, und es war kein Zufall, dass er fast ununterbrochen auf Reisen war, nachdem seine Frau in ein Pflegeheim eingeliefert wurde.

Rosenberg holt ein Fotoalbum hervor, in das Karina Schnappschüsse aus der gemeinsamen Zeit eingeklebt und mit Bildunterschriften versehen hat. Beim Herausnehmen des Albums fällt ihm Karinas schwarzes Telefonbüchlein in die Hände, das quer über einer Reihe von Nachschlagewerken gelegen hat. Er legt das kleine Telefonverzeichnis rasch auf die Schreibtischplatte. Langsam blättert er die großen Seiten des Fotoalbums um, und dabei fällt ihm auf, dass er sich an die meisten

Gelegenheiten, in denen die Aufnahmen entstanden sind, nicht erinnern kann. So betrachtet er ein Foto mit der Unterschrift" Weekend in Heidelberg", und würde er nicht gemeinsam mit Karina auf diesem Bild zu sehen sein, er würde Stein und Bein schwören, dass er niemals mit ihr zusammen ein Wochenende in Heidelberg verbracht hat. Er legt das Fotobuch beiseite. Er besinnt sich darauf, wie fröhlich Karina war, als er sie kennen lernte. In vielen Situationen hat er sich von ihrer Heiterkeit anstecken lassen, hat mitgemacht, ohne jedoch wirklich beteiligt zu sein. Es kommt ihm so vor, als habe er schöne Sommertage erlebt, die er gern mitgenommen hat, ohne dass sie ihm viel bedeuteten.

Rosenberg wird nachdenklich. Er sinnt darüber nach, warum ihm das Alleinsein so schwer fällt, wenn er doch die Anwesenheit der anderen so wenig schätzt.

III

Auf Rosenbergs Annonce in der lokalen Tagespresse melden sich mehrere junge Frauen. Er hatte sich beim Entwurf der Kleinanzeige kurz gehalten und geschrieben „Junge Haushaltshilfe gesucht – Anfragen unter folgender Telefonnummer". Später, während der fernmündlichen Anzeigenübermittlung, fügte er noch hinzu „Bezahlung über Tarif". Dabei wusste er nicht, ob es überhaupt einen Tarif für Hausangestellte gibt, und er hatte keine Vorstellung über die Höhe eines derartigen Entgeldes. Er war einer spontanen Eingebung gefolgt, um sicherzustellen, dass sich jemand für dieses Stellenangebot interessieren würde.

Bereits beim ersten telefonischen Kontakt sortiert Rosenberg drei Kandidatinnen aus, deren forsche Sprechweise ihm missfällt. Vier Frauen bestellt er zeitversetzt für den Vormittag des kommenden Tages zu sich nach Hause.

Rosenberg ist enttäuscht und wundert sich zugleich darüber. Es ist ihm nicht bewusst, dass er mit dieser Annonce besondere Erwartungen verknüpft. Er meint, dass es für ihn gut ist, nicht tagtäglich allein zu sein. Andererseits kann er sich nicht vorstellen, ständig mit einem anderen Menschen zusammen zu leben.

Um auf andere Gedanken zu kommen, widmet er sich seinem Romanentwurf. Er ist erstaunt, wie schnell es ihm gelingt, ein brauchbares Exposé zusammen zu stellen. Als Arbeitstitel fällt ihm spontan „Verschwörung im Zedernhain" ein, doch im nächsten Moment kommen Zweifel in ihm auf. Er hat keine Hinweise auf eine Verschwörung, lediglich Anhaltspunkte für verschiedene politische Intrigen; Machenschaften, die mit heimlichen Denunziationen beim politischen Gegner einhergehen und möglicherweise Verrat mit einschließen. Er formuliert „Intrige im Zeichen der Zeder" und „Ränkespiele im Zedernhain". Er ist jedoch mit keiner dieser Versionen zufrieden.

Seine Gedanken wandern zu seiner verstorbenen Frau. Er ist davon überzeugt, sie unterschätzt zu haben. Er hat ihre Zurückhaltung und auch ihre Bereitschaft, für ihn da zu sein, stets für Schwäche, für Unfähigkeit gehalten.

So kam es nach der ersten intimen Begegnung im Frühling zu keiner weiteren Annäherung. Er vermied körperlichen Kontakt, und es war ihm recht, dass Karina sich nie darüber beklagte, nie Wünsche äußerte und

nie Anstalten machte, sich zu holen, was ihr verwehrt
wurde.

Rosenberg fragt sich, warum seine Frau zu diesen
Opfern bereit war und wieso er diese Bereitschaft bei
Frauen stets erwartet.

IV

Rosenberg hat keine Lust schlafen zu gehen. Obwohl
ihm die Augenlider schwer werden, und er bereits mehrmals heftig gähnen musste, unterdrückt er die Müdigkeit und versucht sich wach zu halten. Trotz der späten
Stunde kocht er sich in der Küche eine Kanne Kaffee. Er
ist unzufrieden. Er überlegt, ob er auch etwas essen soll.
Zunächst schaut er in den Kühlschrank, dann steigt er
in den Keller hinab, um seine Essensvorräte zu mustern.
Unverrichteter Dinge kehrt er in die Küche zurück und
trinkt im Stehen einen Becher Kaffee.
Rosenberg wünscht sich einen angemessenen Gesprächspartner, mit dem er über seine Angelegenheiten
sprechen kann. Er erinnert sich daran, dass seine Frau
immer ein offenes Ohr für ihn hatte, und nicht müde
wurde, für seine Belange Interesse zu zeigen, sogar noch
während der ersten Monate im Pflegeheim hörte sie ihm
geduldig zu; später dämmerte sie nur noch teilnahmslos
vor sich hin.
Rosenberg stellt den leeren Trinkbecher in die Spüle,
und verlässt mit raschem Schritt die Küche. In der Diele
schaut er zur Garderobe und überlegt, ob er noch einen
Spaziergang machen soll. Tatsächlich zieht er seinen
blauen Kaschmirmantel an, und öffnet die Haustür,
doch die kalte Abendluft behagt ihm nicht, und er be-

schließt, sich ins Bett zu legen. Er hofft tief und traumlos schlafen zu können.

V

Bereits das erste Bewerbungsgespräch erschöpft Rosenberg. Dabei fragt er nur wenig, und lässt die meiste Zeit die junge Frau reden, aber selbst das Zuhören strengt ihn an. Er verabschiedet die Kandidatin, indem er darauf hinweist, dass er noch weitere Bewerberinnen einbestellt habe und gegebenenfalls von sich hören lassen werde. Die Gespräche mit den nächsten zwei jungen Frauen kürzt er drastisch ab, indem er ihnen ins Wort fällt und vorgibt, die Stelle sei schon besetzt. Diese Frauen kommen für ihn nicht infrage, weil sie zu redselig sind. Rosenberg entscheidet sich für die letzte Bewerberin, die kaum den Mund aufmacht und insgesamt einen etwas kraftlosen, erschöpften Eindruck vermittelt. Schon wenige Minuten, nachdem er die erfolgreiche Kandidatin zur Haustür begleitet hat, kommen ihm Zweifel, ob es überhaupt eine gute Idee war, wieder eine Haushaltshilfe einzustellen. Seine feste Überzeugung, dass ein Mensch durch einen anderen zu ersetzen sei, gerät ins Wanken. Obwohl das Zusammensein mit Karina, seiner ersten Haushaltshilfe letztlich an zwischenmenschlichen Problemen gescheitert ist, war es doch ihre besondere, unvergleichliche, aufmunternde Umgangsart, die das tägliche Beisammensein mit ihr für ihn so angenehm und unbeschwert gestaltet hat, und es wird ihm immer deutlicher, dass er genau dies vermisst.

VI

Der Anruf des besten Freundes seines Sohnes bringt
Rosenberg aus dem Konzept. Er hat sich vorgenommen,
den ganzen Tag an dem ersten Kapitel seines Reportageromans zu schreiben, um dann so rasch wie möglich
das teilweise fertiggestellte Manuskript seinem Verleger
zu schicken. Er ist gerade im Begriff, ein Blatt Papier in
die Schreibmaschine einzuspannen, als das Telefon klingelt. Rosenberg hebt ab. Er ist unkonzentriert. Er versteht
nicht, was der junge Mann ihm mitzuteilen versucht.
Von einem Brief ist die Rede, den der Freund Rosenberg
geschickt hatte. Zunächst kann sich Rosenberg an keinen
Brief erinnern, doch dann fällt ihm der falsch frankierte
Umschlag ein, den ihm die ältere Postfrau verärgert ent-
gegengestreckt hatte. Er besinnt sich darauf, dass er das
unerwünschte Schriftstück ungelesen in die Mülltonne
geworfen hat. Seinem jungen Gesprächspartner gegenüber greift er zu einer Notlüge und behauptet, nie einen
Brief von ihm erhalten zu haben. Der junge Mann am anderen Ende der Telefonleitung, entschuldigt sich mehrmals für dieses Versehen und äußert die Vermutung,
dass er irgendetwas verkehrt gemacht habe. Er bittet Rosenberg eine kurze Zusammenfassung dieser Mitteilung
vortragen zu dürfen. Rosenberg erfährt, dass sein Sohn
infolge des Selbstmordversuches bleibende körperliche
Beeinträchtigungen davongetragen hat, die auch durch
mehrere Krankenhausaufenthalte und Genesungsku-
ren nicht wieder behoben werden konnten. Dabei, so
meint der Freund, sei es ein glücklicher Zufall, dass der
Sohn den Sprung vom Dach des dreistöckigen Hauses
überhaupt überlebt hat. Das Rückenmark wurde nicht

verletzt, aber die diversen Knochenbrüche, insbesondere die der Beine und des Beckens, sind nicht folgenlos verheilt. Eine Gehbehinderung ist zurückgeblieben, und der Sohn leidet unter starken Schmerzen. Inzwischen ist noch ein Drogenproblem hinzugekommen. Der Freund formuliert zum Schluss seines Berichtes, dass Rosenbergs Sohn psychisch, physisch und finanziell am Ende sei.

Rosenberg ist sprachlos. Er fühlt sich überfordert, auf diese Nachrichten einzugehen. Er spielt mit dem Gedanken, das Telefongespräch abrupt zu beenden und endlich mit seiner Arbeit am Roman fortzufahren. Er wahrt jedoch die Form, und bedankt sich bei dem Freund für seine Bemühungen. Nach einem kurzen Augenblick des Schweigens beider Gesprächsteilnehmer gibt der Freund abschließend zu bedenken, dass Rosenbergs Sohn unbedingt Hilfe braucht.

VII

Mit dem ersten Arbeitstag seiner neuen Haushaltshilfe verbindet Rosenberg die Hoffnung von seinen trüben Gedanken abgelenkt zu werden. Der Anruf des Freundes seines Sohnes geht ihm nicht mehr aus dem Kopf. Nach dem Telefongespräch hatte Rosenberg versucht konzentriert an seinem Manuskript zu arbeiten, um Versäumtes nachzuholen, aber wie ein Störenfried drängte sich in seinen Gedanken der Satz auf „Ihr Sohn ist am Ende" und verhinderte jegliches kreative Schaffen.

Rosenberg sagte sich, dass diese Formulierung sicher eine Übertreibung darstellt, aber diese Vermutung vermochte ihn selbst nicht zu überzeugen. In seiner

Phantasie sah er seinen Sohn allein, halb verhungert, in einer verkommenen Wohnung dem Rausch von Drogen hingegeben. Um in der Nacht wenigstens etwas Schlaf zu finden, nahm Rosenberg vor dem Zubettgehen eine Beruhigungstablette, und versuchte alle Gedanken an seinen Sohn rigoros beiseite zu schieben.

Schon bei der Begrüßung an der Haustür stellt Rosenberg fest, dass er seine neue Haushaltshilfe völlig falsch eingeschätzt hat. Sie ist keineswegs still und zurückhaltend, sondern überschüttet ihn mit vehementen Klagen über Schmerzen in den Händen und Füßen, die sie fast davon abgehalten hätten, zur Arbeit zu erscheinen. So sei jeder Schritt eine Pein, und mit ihren Händen könne sie nichts richtig festhalten, die Gegenstände würden ihr aus den Händen gleiten. Die junge Frau äußert die Vermutung, dass Rosenberg sie sicherlich , wie all die anderen Arbeitgeber, wegen ihres Rheumas fortschicken werde, dabei sei sie doch so sehr auf das Geld angewiesen.

Rosenberg wundert sich selbst darüber, wie ruhig und gelassen er auf die kranke Frau eingeht. Er geleitet sie vorsichtig in die Küche, stellt ihr einen gepolsterten Stuhl zurecht, und bietet sich an, ihr eine Tasse Kaffee zu bereiten.

Rosenberg erinnert sich an seine kranke Ehefrau. Es fallen ihm zwei für ihn typische Verhaltensweisen ein. Einerseits hat er die Gegenwart seiner kranken Frau räumlich gemieden, wo immer es nur möglich war, andererseits hat er sie fast schon überfürsorglich betreut, wenn er ihr nicht aus dem Weg gehen konnte. Zugleich besinnt er sich darauf, dass er sich ebenso bei seiner Mutter verhalten hat, als sie nach ihrem Selbstmordversuch wieder nach Hause zurückgekehrt war.

KAPITEL NEUN

I

Eine Woche nach dem überraschenden Telefongespräch nimmt Rosenberg sich vor, den besten Freund seines Sohnes anzurufen, weil er vergessen hat, nach der Anschrift des Sohnes zu fragen. Dabei muss Rosenberg feststellen, dass er es ebenso versäumt hat, sich nach der Rufnummer des Freundes zu erkundigen, und dass er sich auch nicht mehr an den Namen des jungen Mannes entsinnen kann.

Rosenberg ist ratlos. Er überlegt, ob er jemanden kennt, der ihm in diesem Fall behilflich sein könnte, aber es fällt ihm niemand ein. Es wird ihm deutlich, dass er sich nie für die Freunde seines Sohnes interessiert hat, und er weiß auch nicht, ob sein Sohn überhaupt über einen Bekanntenkreis verfügt oder ob er ein Einzelgänger ist.

Rosenberg erinnert sich daran, dass sein Sohn fast die ganze Schulzeit auf einem Schweizer Internat verbracht hat und während der Urlaubszeiten überwiegend in Feriencamps untergebracht war. Er hatte seinen Sohn einige Male in der Schweiz besucht, ohne sich dort längere Zeit aufzuhalten. Bevor Karina krank wurde, hielt sie engen Kontakt zu dem Jungen. Anfangs sträubte sie sich dagegen, ihren Sohn in ein Internat zu schicken, stimmte jedoch später Rosenbergs Vorschlag zu.

Rosenberg kommt mit einem Mal in den Sinn, dass er kürzlich beim Hervorholen des Fotoalbums auf Karinas altes Telefonbüchlein gestoßen ist und dass er dieses schwarze Heft zu seinen Unterlagen auf den Schreibtisch gelegt hat.

Er wird fündig. Auf der dritten Seite des Verzeichnisses unterhalb des Schweizer Internats, macht er den Jungennamen Florian aus, der ihm bekannt vorkommt. Es stellt sich heraus, dass die zugehörige Rufnummer zu dem Telefonanschluss der Eltern des besten Freundes seines Sohnes gehört, und die Eltern sind auch sofort bereit, Rosenberg die gewünschte Nummer mitzuteilen.

Gleich nachdem er das Gespräch mit den Eltern beendet hat, ruft er den Freund seines Sohnes an und stellt dar, auf welchen Umwegen er die Rufnummer erhalten hat. Der junge Mann reagiert sehr freundlich auf Rosenbergs Bericht, und meint, dass es sein Versäumnis sei, sowohl die eigene Telefonnummer als auch Telefonnummer und Anschrift des Sohnes nicht mitgeteilt zu haben. Zugleich vermeidet er es, Rosenberg nochmals auf den schlechten Zustand seines Sohnes anzusprechen.

Rosenberg fühlt sich nach diesem Gespräch entlastet. Er hatte befürchtet, gefragt zu werden, warum er sich erst jetzt um die Angelegenheit mit seinem Sohn bemühe. Diese positive Empfindung hält jedoch nur kurze Zeit an, weil ihm deutlich wird, dass er jetzt quasi im Wort ist, sich um seinen Sohn zu kümmern.

II

Rosenberg überlegt, ob er den Besuch bei seinem Sohn noch einige Tage hinausschieben kann. Er spürt, dass es ihm Schwierigkeiten bereitet, dem Hilfeersuchen so einfach nachzukommen. Er fühlt sich unter Druck gesetzt und fragt sich, ob ein rasches Entgegenkommen seinerseits nicht seine Selbstachtung unterminiert. Dabei ist ihm deutlich, dass er dem Freund seines Sohnes keinen Vorwurf machen kann. Der Freund hat sich korrekt verhalten, obwohl sich Rosenberg durch die Bemerkung "ihr Sohn ist psychisch und physisch am Ende" in die Enge getrieben gefühlt hat. Zudem kommt Rosenberg die ausgesprochene Höflichkeit des Freundes übertrieben vor. Rosenberg ist sich nicht sicher, ob diese Freundlichkeit nicht auch ein Mittel der Manipulation ist, eine Maßnahme, die darauf abzielt, den anderen durch vordergründig wertschätzendes Verhalten gewogen zu stimmen.

Er hält in seinem Gedankengang inne. Es kommt ihm abwegig vor, dem besten Freund seines Sohnes, der sich sicherlich ganz uneigennützig um den körperbehinderten und drogensüchtigen Schulfreund kümmert, manipulative Absichten zu unterstellen.

Für einen kurzen Moment überlegt Rosenberg, ob er sich nicht vielleicht einfach nur davor drücken will, anderen zu helfen.

III

Rosenberg wartet die Ankunft der Haushaltshilfe ab, bevor er sich ein Taxi bestellt. Erst nachdem er die heftig klagende junge Frau eingelassen und unter gutem Zureden in die Küche geleitet hat, wählt er die Nummer der Taxizentrale. Danach hält er sich in der Diele bereit, um keinesfalls das Eintreffen des Taxis zu versäumen. Er hört die Haushaltshilfe in der Küche rumoren, aber diese lärmenden Geräusche stören ihn nicht, sondern üben einen beruhigenden Einfluss auf ihn aus. Rosenberg muss sich eingestehen, dass der Besuch bei seinem Sohn ihm sehr bevorsteht. Es irritiert ihn, dass diese Hilfsaktion so unstrukturiert ablaufen soll, und er ist es nicht gewöhnt, unangemeldet zu erscheinen. Mehrmals greift er zum Telefonhörer, um sein Kommen anzukündigen. Ihm schwebt vor, zu sagen, dass er seinem Sohn in seiner bedrängten Lage helfen wolle, aber jedes Mal gibt er sein Vorhaben wieder auf, weil er befürchtet, durch diese Ankündigung zu große Erwartungen in seinem Sohn zu wecken.

Auf der Fahrt im Taxi denkt Rosenberg darüber nach, dass sich sein Sohn nach dem Schulabschluss immer in relativer Nähe zu Rosenbergs momentanem Wohnort aufgehalten hat. So beträgt der Abstand zwischen Rosenbergs neuem Haus und der derzeitigen Wohnung des Sohnes nur wenige Kilometer. Rosenberg fragt sich, ob dies lediglich ein Zufall ist. Es wäre für ihn verständlich gewesen, wenn der Sohn nach der Rückkehr aus der Schweiz die Nähe seiner Mutter gesucht hätte, aber das Pflegeheim in dem Karina gelebt hatte, liegt mehrere hundert Kilometer von der Wohnung des Sohnes

entfernt. Allerdings muss Rosenberg einräumen, dass er nicht genau weiß, wo sein Sohn nach dem Auslandsaufenthalt tatsächlich geblieben ist, und dass er nur vermutet, sein Sohn sei stets in seiner Nähe gewesen.
Die Stimme des Taxichauffeurs reißt Rosenberg aus seinen Überlegungen. Er zahlt und steigt aus. Ohne sich länger umzuschauen, geht er auf das mehrstöckige Wohnhaus zu. Er öffnet die Eingangstür und entdeckt gleich im Erdgeschoss das richtige Namensschild.
Er wird ungeduldig, weil sich die Tür auch nach dem zweiten Klingelzeichen noch nicht öffnet. Er betätigt den Klingelknopf zum dritten Mal und nun etwas länger. Für einige Sekunden erscheint die Gestalt seines Sohnes im Türrahmen. Rosenberg spürt einen kurzen, intensiven, bohrenden Blick auf sich gerichtet. Dann fliegt die Wohnungstür krachend ins Schloss. Der Spuk ist ebenso schnell vorbei, wie er begonnen hat.
Rosenberg bleibt stocksteif stehen. Er weiß in diesem Augenblick nicht, was ihm widerfahren ist. Er fühlt nur, wie allmählich das Blut aus dem Kopf weicht, das Atmen immer schwerer wird und die Knie nachgeben. Er reißt sich zusammen. Er will auf keinen Fall ohnmächtig werden. Hastig wendet er sich dem Ausgang zu. So schnell er es vermag, verlässt er den Hausflur, der ihm mit einem Mal zu eng vorkommt. Endlich, draußen auf der Straße, an der frischen Luft, lehnt er sich erschöpft gegen eine Hauswand.
Er atmet tief durch und presst beide Handflächen fest auf sein Gesicht.
Eine jüngere Frau bleibt vor ihm stehen, zupft an seinem Ärmel und erkundigt sich nach seinem Befinden. Rosenberg richtet sich rasch auf, steckt die Hände in die

Manteltasche und gibt der Passantin zu verstehen, dass alles in Ordnung sei.

Nachdem die junge Frau aus seinem Blickfeld verschwunden ist, lehnt er sich langsam wieder zurück.

Es dauert einige Zeit, bevor er sich imstande fühlt, den Heimweg anzutreten. Auf dem Fußmarsch zum nächsten Taxistand verspürt er mehrmals den Impuls umzukehren und zu versuchen, alles ins Reine zu bringen. Doch zugleich verfestigt sich in ihm die Vorstellung, dass ihm das Heft des Handelns aus der Hand genommen wurde.

Rosenberg fragt sich, ob es ihm nicht ergeht wie seiner neuen Wirtschafterin, die gezwungen ist, Dienste im Haushalt anzubieten, obwohl sie doch selbst in diesen Belangen Hilfe nötig hätte.

IV

Trotz der schwierigen Situation mit seinem Sohn gelingt es Rosenberg, doch noch ein Kapitel seines Reportageromans fertig zu stellen und abzuschicken.

Der selbst literarisch tätige Inhaber des kleineren Verlagshauses reagiert prompt mit einer schriftlichen Nachricht. Dabei ist nicht nur zwischen den Zeilen des ausführlichen Briefes erkennbar, dass Rosenbergs Text ihm gefallen hat. Der Verleger lobt den präzisen Schreibstil, bezeichnet den ersten vorliegenden Abschnitt als sehr vielversprechend und gibt zu verstehen, dass ihm viel daran gelegen ist, dieses unterhaltend aufgearbeitete, spannende Stück Zeitgeschichte einem politisch interessierten Leserkreis zugänglich zu machen.

Zu Rosenbergs Überraschung erwähnt der Verlagsinhaber in seinem Schreiben auch Karina. Er weist darauf hin, dass er der verstorbenen Frau Rosenberg leider nur zweimal begegnet ist, jedoch bei beiden Gelegenheiten von ihrer geschliffenen Ausdrucksweise und ihrem Verständnis für komplizierte zeitgeschichtliche Zusammenhänge tief beeindruckt war.

Rosenberg kommt ins Grübeln. Er muss sich eingestehen, dass er in Karina anfangs die junge Volontärin und später nur seine Assistentin gesehen hat. Über die intellektuellen Fähigkeiten seiner verstorbenen Frau hat er sich nie Gedanken gemacht. Allerdings fallen ihm Karinas Randbemerkungen wieder ein, die ihn erst auf die Idee zu seinem Roman gebracht haben.

Seine Gedanken wandern zu seinem Sohn. Er fragt sich, ob er auch ihn nicht wirklich wahrnimmt, aber diese Erklärung erscheint ihm zu simpel. Er erinnert sich, dass er seinen Vater immer sehr bewundert hat, obwohl der Vater kaum Zeit für ihn übrig hatte. Die Intellektualität des Vaters, seine distinguierte Art hat er stets geachtet. Rosenberg stellt für sich fest, dass es respektlos ist, seinem Vater die Tür vor der Nase zuzuschlagen, aber er nimmt zugleich wahr, dass diese Überzeugung nichts an seiner gedrückter Stimmung ändert, die sich wie eine graue Staubschicht über alles legt. So begrüßt Rosenberg die positive Nachricht seines Verlegers, aber er kann sich dennoch nicht wirklich darüber freuen.

V

Ganz entgegen seiner Gewohnheit legt sich Rosenberg um die Mittagszeit ins Bett. Er fühlt sich matt und meint, dass es gut für ihn ist, dieser Schwäche nachzugeben. Er schließt die Augen. Er ist sich nicht sicher, ob er müde genug ist, um zu schlafen. Wie in Kindertagen bemüht er angenehme Vorstellungen, um das sanfte Hinübergleiten zu befördern. Bis ins Detail malt er sich aus, wie er seinen inzwischen fertiggestellten Roman einem größeren Publikum vorstellt. Er sieht die breite Bühne mit dem hohen Rednerpult vor sich. Er fühlt das warme Licht des Scheinwerfers auf seinem Gesicht, hört den freundlichen Begrüßungsapplaus, das vereinzelte Hüsteln und das von Interesse getragene leise Tuscheln der zahlreichen geladenen Gäste. Er beginnt die einleitenden Sätze vorzutragen. Doch plötzlich wird das grelle Spotlight zu heiß, es brennt auf seiner Haut. Das Publikum wird unruhig, Stühle werden lärmend beiseite geschoben, Pfiffe und Buhlaute ertönen. Einer der Anwesenden ruft „Er fühlt sich nicht wohl in seiner Haut", ein anderer setzt hinzu „Er ist völlig am Ende".

Rosenberg blickt von seinem Text auf. In der ersten und einzigen noch besetzten Sitzreihe erkennt er seinen Vater, seine Mutter, seine verstorbene Frau, seinen Sohn und dessen besten Freund, die ihn ohne eine Miene zu verziehen anschauen.

Rosenberg spürt, dass sich die Haut an seinem ganzen Körper spannt und immer enger wird. Wie ein Folterwerkzeug schnürt sie die lebenswichtigen Bahnen und Verbindungen am Hals, an den Handgelenken und in den Kniekehlen zusammen. Er kann sich nicht mehr auf den Beinen halten und stürzt röchelnd zu Boden. Er empfindet Todesangst, doch für einen kurzen Moment weicht dieses Gefühl der klaren Einsicht, dass es verkehrt ist, stets auf inneren Abstand bedacht zu sein, und dass es geradezu tödlich ist, sich niemals etwas unter die Haut gehen zu lassen.

VI

Für Rosenberg steht fest, dass er die Angelegenheit mit seinem Sohn in Ordnung bringen muss. Dabei kommt ein Telefongespräch für ihn nicht in Betracht, weil er befürchtet, sein Sohn würde den Hörer auflegen, noch bevor es zu einer Aussprache gekommen ist. Für einen Moment denkt er an eine Telegrammbotschaft, doch er verwirft diese Überlegung gleich wieder. Ihm wird deutlich, dass er einer erneuten direkten Konfrontation mit seinem Sohn nicht ausweichen kann.
Einen kurzen Augenblick lang spürt Rosenberg einen bohrenden Schmerz im rechten Bein. Ihm wird bewusst, dass er seinen Unfall und den Krankenhausaufenthalt schon fast vergessen hatte. Erst seit einigen Tagen macht ihm das Bein manchmal zu schaffen, weil es rasch ermüdet, doch er ist nicht bereit diesem Umstand große Aufmerksamkeit zu schenken.
Rosenberg beschließt, jetzt, sofort seinen Sohn aufzusuchen, doch schon hinter der Haustür verlässt ihn der Mut. Er bleibt in Hut und Mantel oben auf dem Treppenaufgang stehen. Während sein Blick über den Garten vor seinem Haus wandert, kommen ihm Zweifel an seinem Vorhaben. Er fragt sich, ob sein Sohn an einer Klärung interessiert ist und ob sein Stolz dies überhaupt zulässt. Einem Impuls folgend schließt Rosenberg die Haustür wieder auf, geht ohne seine Garderobe abzulegen ins Wohnzimmer und wählt die Telefonnummer seines Sohnes. Er vernimmt deutlich die sehr jugendlich wirkende Stimme am anderen Ende der Leitung, aber er sagt kein Wort. Nach dreimaliger Aufforderung sich zu melden, legt der Sohn wieder auf. Rosenberg muss schmunzeln.

Er greift wiederum zum Telefonhörer, und wählt die
Nummer der Taxizentrale.

VII

Nahezu drei Stunden verbringt Rosenberg wartend vor
der Wohnungstür seines Sohnes. Eine ältere Frau, die die
Treppe hinaufzusteigen beabsichtigt, sieht ihn schief an,
nachdem er sich für einige Minuten auf eine Stufe gesetzt hat. Wenn niemand zuschaut, lehnt sich Rosenberg
gegen die Wand und verlagert das Gewicht seines Ober-
körpers auf die linke Seite, um das rechte Bein zu entlas-
ten. Etwa alle zehn Minuten betätigt er drei bis viermal
den Klingelknopf, doch jedes Mal ohne Erfolg. Oft späht
er zur Wohnungstür, in der Hoffnung, sein Sohn würde im nächsten Augenblick dort erscheinen. Rosenberg
nimmt sich mehrmals vor, nur noch fünf Minuten zu
bleiben und dann zu gehen, doch stets verlängert er das
selbstgestellte Ultimatum, weil die nächsten Minuten ja
die entscheidenden sein könnten. Es sträubt sich etwas
in ihm zuzugeben, dass er auf verlorenem Posten steht,
und ebenso wenig gelingt es ihm, die Schuld dafür bei
seinem Sohn zu suchen. Eine dumpfe Ahnung, die sich
wie ein Kloß im Magen anfühlt, macht sich in ihm breit,
und nährt die Einsicht, dass diesmal nicht ihm, sondern
seinem Sohn die Opferrolle zukommt.
Mit langsamen Schritten, den Kopf gesenkt, den Blick
nach innen gerichtet, verlässt Rosenberg seinen Beo-
bachtungsposten vor der Wohnungstür. Noch ganz
in Gedanken übersieht er beim Verlassen des Hauses
einen kurzen Treppenabsatz, der hinaus auf die Straße
führt. Er rutscht ab und knickt mit seinem rechten Fuß

um. Er wimmert vor Schmerzen. Er setzt sich auf den Bürgersteig und legt beide Hände schützend um das betroffene Gelenk. Zwei Passanten bleiben stehen und sehen ihm eine zeitlang zu.

Plötzlich spürt er eine Hand, die ihn am rechten Arm packt, dann eine zweite Hand, die sich um seine Taille legt und ihn vorsichtig aufrichtet. Abgestützt auf seinen Begleiter humpelt er den Weg zurück, den er gerade gekommen ist. Bereitwillig lässt er sich in die Wohnung seines Sohnes führen.

VIII

Rosenberg nutzt einen Moment, in dem der Sohn das Wohnzimmer verlässt, um sich umzuschauen. Beim Betreten der Wohnung hat er fast nichts wahrgenommen, weil die Schmerzen im rechten Fußgelenk seine ganze Aufmerksamkeit in Anspruch genommen haben, und später, nachdem sein Sohn das Bein auf einem Hocker hochgelagert und mit einem Eisbeutel gekühlt hat, traute sich Rosenberg nicht, seine Umgebung ganz ungeniert in Augenschein zu nehmen. Selbst das äußere Erscheinungsbild seines Sohnes hat er nur kurz, quasi aus den Augenwinkeln heraus, betrachtet. Rosenberg fällt jetzt auf, dass das energische, zupackende Auftreten seines Sohnes in deutlichem Kontrast steht zu dessen müdem und erschöpft wirkenden Aussehen. Der Blick seines Sohnes erscheint stumpf und leer, das Gesicht fahl und blass. Die leicht vorgebeugte Haltung deutet Rosenberg als Zeichen der Kraftlosigkeit, des Bedrücktseins und der Zerbrechlichkeit. Dennoch kann er in dem Zimmer keinerlei Zeichen von Vernachlässigung finden. Es dominieren Ordnung und Sauberkeit. Rosenbergs Überlegungen unterbricht der Sohn, indem er im Rahmen der Wohnzimmertür stehend mitteilt, dass er ein Taxi bestellt hat, das Rosenberg nach Hause bringen werde. Rosenberg ist erschrocken. Er sei gekommen, um sich auszusprechen und um Hilfe anzubieten. Es gäbe nichts zu besprechen, meint der Sohn, und Rosenberg sei der Letzte, von dem er Hilfe annehmen würde. Rosenberg nimmt sich vor, noch nicht aufzugeben, und räumt ein, dass er in der vergangenen Zeit beruflich sehr eingespannt war und vielerlei Probleme zu bewältigen hatte und dass darum seine familiären Verpflichtungen wohl zu kurz gekommen seien.

Mit weit aufgerissenen Augen und einer sich fast überschlagenden Stimme hält der Sohn seinem Vater vor, dass er ein Monstrum sei, ein egoistisches, selbstsüchtiges Ungeheuer, dem nichts an anderen Menschen gelegen sei. So habe Rosenberg seine Ehefrau durch Gefühlskälte und Desinteresse in Krankheit und Tod getrieben und nicht einmal den Anstand besessen, seine außerehelichen Verhältnisse vor seiner schwerkranken Frau zu verbergen. Dabei spiele es keine Rolle, dass Rosenbergs außereheliche Beziehungen homosexuelle Liebschaften gewesen seien. Rosenbergs Homosexualität könne nicht als Entschuldigung herhalten. Durch Zufall habe der Sohn Rosenbergs letzten Freund kennen gelernt. Dieser Freund habe sich bitter über Rosenbergs Herzlosigkeit beklagt, einfach, ohne Abschiedwort, von heute auf morgen auf Nimmerwiedersehen zu verschwinden.

Rosenberg reißt sich zusammen, aber er kann die Tränen nicht unterdrücken. Er weint bitterlich.

KAPITEL ZEHN

I

Im nachhinein kommt Rosenberg die Begegnung mit seinem Sohn derart unwirklich vor, dass er sich fragt, ob sie tatsächlich stattgefunden hat. Andererseits ist ihm dieses Zusammentreffen in jeder Sequenz so gegenwärtig, dass er fast meint, es würde sich wiederholen, wenn er daran denkt. So hört Rosenberg nochmals die nahezu unerträglichen Vorhaltungen, dass er ein Monstrum, ein egoistisches, selbstsüchtiges Ungeheuer sei, spürt aufs Neue den entsetzlich hasserfüllten Blick seines Sohnes auf sich gerichtet und vernimmt immer wieder dessen metallisch hart klingende Stimme. Es gibt kein gesprochenes Wort, an das sich Rosenberg nicht genau erinnern kann.

Dabei fällt ihm zugleich etwas Widersprüchliches auf. Obwohl schon die leiseste Rückbesinnung an die demütigenden Äußerungen seines Sohnes Rosenbergs Inneres wund werden lässt, empfindet er zugleich so etwas wie Erleichterung und fast schon einen zum Optimismus tendierenden Stimmungsumschwung. In diesen Momenten identifiziert sich Rosenberg mit seinem Sohn, der ihm dann wie ein Held vorkommt und dem er uneingeschränkt Bewunderung zollt. Mit keinem Wort und keiner Geste hat der Sohn sein eigenes Schicksal beklagt, obgleich dessen missliche Lage für Rosenberg zum Greifen nahe war.

Für den Vater steht fest, dass er seinem Sohn helfen wird. Rosenberg ist sich sicher, mit Hilfe des besten Freundes

seines Sohnes Lösungen zu finden, die Mitleid, Beschämung und Kränkung ausschließen und für den in Not Geratenen akzeptabel sind. So stellt er sich vor, dem Freund sogleich einen größeren Geldbetrag zur Verfügung zu stellen, damit er die finanziellen Verpflichtungen des Sohnes übernehmen kann.
Ganz plötzlich kommt Rosenberg der Gedanke, seine Haut sei seit der Begegnung mit seinem Sohn weiter geworden.

II

Nach dem ersten Kapitel seines Reportageromans „Intrigen im Schatten der Zeder", mit dem Untertitel „Machenschaften zweier machtbesessener Familienclans zur Zeit des Libanonkrieges", das ihm leicht von der Hand ging, quält sich Rosenberg mit dem Fortgang seiner Geschichte. Schon früh am Morgen, gegen sieben Uhr, setzt er sich an den Schreibtisch, jedoch fallen ihm immer wieder Angelegenheiten ein, die keinen Aufschub dulden und unbedingt sofort erledigt werden müssen. Zuerst schaut er nach, ob er nicht vergessen hat, den Müllcontainer vor das Gartentor auf die Straße zu schieben. Danach mustert er die Briefe auf der Konsole in der Diele, die er tags zuvor geschrieben hat, überprüft sie hinsichtlich ausreichender Frankierung, damit seine Haushaltshilfe sie auf ihrem Heimweg in den Briefkasten einwerfen kann. Weil er sich gerade im Erdgeschoss befindet, beschließt er, sich schnell noch einen Tee zu kochen. Allerdings stellt er fest, dass die Vorratsdose im Küchenschrank leer ist, und so steigt er rasch in den Keller, um Nachschub zu holen. Noch bevor er seinen Tee aufgegossen hat, hört er

die ihm inzwischen vertrauten Geräusche in der Diele.
Er bemerkt jedoch zugleich, dass die üblichen klagenden
Laute fehlen. Er geht in den Flur, um die Haushaltshilfe
zu begrüßen. Stumm, mit tränenüberströmtem Gesicht
steht die junge Frau an der Garderobe.
Erst nach einiger Zeit gelingt es ihm, die Haushaltshilfe
zum Sprechen zu bringen. Stockend teilt sie ihm mit,
dass sie von ihrem Freund verlassen wurde und nun
auch noch ihre Wohnung aufgeben muss, da ihr gerin-
ges Einkommen nicht ausreicht, die anfallenden Kosten
zu bestreiten. Rosenberg reagiert prompt, und bietet ihr
an, in seinem Haus zu wohnen. Diese Ankündigung
beantwortet die Angesprochene mit einem erneuten,
nun lautstarkem Weinanfall. Allerdings beruhigt sie
sich nach einigen Minuten wieder, und sichert zu, dass
sie über dieses Angebot nachdenken werde.
Bevor sich Rosenberg wieder an seinen Schreibtisch
setzt, holt er die Aufzeichnungen mit Karinas Randbemerkungen hervor. Er findet eine Textstelle in den Ge-
sprächsprotokollen, bei denen seine verstorbene Frau
mutmaßt, dass eine Liaison zwischen einem jungen
Mann und einer jungen Frau nur aus Gründen eines
drohenden Machtverlusts zuerst hintertrieben, später
befördert wurde. In dieser Vermutung erkennt Rosenberg einen Anknüpfungspunkt, der ihm hilft, an seinem
Romanmanuskript weiterzuarbeiten.

III

Schon zum dritten Mal in der Woche telefoniert Rosenberg mit dem besten Freund seines Sohnes. Einerseits um sich nach dem momentanen Befinden des Sohnes zu erkundigen, andererseits um etwaige Unterstützungsangebote zu besprechen. So berichtet der Freund, dass es dank Rosenbergs großzügiger Geldüberweisung gelungen ist, zumindest die finanziellen Probleme aus der Welt zu schaffen. Die dringend notwendige Drogenentgiftungs- und Entwöhnungsbehandlung konnte dagegen noch nicht realisiert werden. Außerdem befürchtet der Freund, dass ein erneuter Selbstmordversuch des Sohnes droht, weil sich dessen Stimmungslage rapide verschlechtert hat. Der Freund versichert Rosenberg jedoch, er werde präsent sein und die Augen offen halten.

Rosenberg ist durch diese Nachricht zutiefst beunruhigt. Noch am selben Tag hält er mehrmals den Telefonhörer in der Hand, um mit seinem Sohn zu sprechen. Er möchte gern etwas sagen, das seinem Jungen Mut macht, weiterzuleben, doch jedes Mal gibt er sein Vorhaben wieder auf, weil er befürchtet, dass ihm im entscheidenden Augenblick die richtigen Worte fehlen.

IV

Als die Haushaltshilfe Rosenberg mitteilt, sie werde das Angebot annehmen und in sein Haus ziehen, hört er nur mit halbem Ohr zu. Er stellt sich immer wieder die Frage, was er tun kann, um seinem Sohn zu helfen. Die junge Frau muss noch zweimal nachsetzen, bevor sie dem Hausherrn genauere Angaben über den Ablauf des Wohnungswechsels entlocken kann. Etwas gereizt sagt Rosenberg ihr zu, dass sie jederzeit kommen könne, und stellt ihr zwei bezugsfertige Zimmer im Obergeschoss in Aussicht. Auch während der Arbeit an seinem Romanmanuskript ist er unkonzentriert. Diesmal fehlen ihm nicht die Einfälle, sondern seine Gedanken gleiten ab. So wird das Wort Keller, dass er gerade zu schreiben beabsichtigt, zum Ausgangspunkt für Erinnerungen, die sich mit dem Selbstmordversuch seiner Mutter beschäftigen. Er erinnert sich daran, dass er die Mutter in ihrem Schlafzimmer auf dem Bett gefunden hat und fest davon überzeugt war, sie sei tot. Als eine Nachbarin die Funkstreife alarmierte, versteckte sich Rosenberg im Keller, weil er befürchtete von der Polizei mitgenommen zu werden. Er hatte, wie ihm nachher berichtet wurde, mehrere Stunden in einem dunklen Winkel des Untergeschosses verbracht. Er weiß nur, dass er nicht gewagt hat, sich zu bewegen oder auch nur einen Laut von sich zu geben, um nicht entdeckt zu werden.

Im Verlaufes des Tages versucht Rosenberg mehrmals mit dem Freund seines Sohnes telefonisch in Kontakt zu treten, aber jedes Mal läuft nur der automatische Anrufbeantworter.

Auch in der Nacht kommt er nicht zur Ruhe. Er wacht einige Male unvermittelt auf, weil er meint, er habe das Telefon klingeln hören.

V

Rosenberg kommt unter Druck. Zuerst steht sein Verleger unangemeldet vor der Tür, und erklärt, er habe in der Gegend zu tun gehabt und komme aufs Geratewohl, um mit Rosenberg über den Veröffentlichungstermin des Romans zu sprechen. Einen Augenblick später erscheint die Haushaltshilfe mit zwei Möbelpackern in der Tür, um den Umzug zu bewerkstelligen, und nahezu zeitgleich meldet sich der Freund seines Sohnes am Telefon, und berichtet, dass er Rosenbergs Sohn ins Krankenhaus bringen musste, nachdem dieser versucht hat, sich mit einem Küchenmesser die Pulsadern aufzuschneiden. Rosenberg fühlt Panik in sich aufsteigen, aber es gelingt ihm rasch, sich zu beruhigen und Prioritäten zu setzen. Er bittet den Freund seines Sohnes, am Telefon zu bleiben, holt Papier und Bleistift, lässt sich den Namen des Krankenhauses, Stations-und Zimmernummer geben, wiederholt laut am Telefon „Marienkrankenhaus, Station 3, Zimmer 312", und notiert, kaum dass er den Hörer aufgelegt hat, „Marienkrankenhaus, Station 2, Zimmer 312". Danach geleitet er den Verleger ins Wohnzimmer, drückt ihm das bereits fertiggestellte Kapitel zwei und das gerade erst begonnene Kapitel drei seines Romanmanuskripts in die Hand und wirft anschließend einen Blick in die Diele, um die Arbeit der Möbeltransporteure in Augenschein zu nehmen. Bevor Rosenberg wiederum zum Telefonhörer greift, um ein Taxi zu bestellen, steckt er den Notizzettel mit den Angaben über das Krankenhaus in seine Manteltasche.

Später, während der Fahrt ins Krankenhaus, kommt es ihm in den Sinn, dass diese Abfolge sich nahezu über-

stürzender Ereignisse ihm zwar einerseits Angst ein-
jagt, weil er befürchtet, schon aus Zeitmangel, Fehler zu
machen, ihm jedoch andererseits vor Augen führt, dass
er nun wieder, wie die Anderen im Strom des Lebens
mitschwimmt.

VI

Im Krankenhaus findet Rosenberg auf Anhieb ein Hin-
weisschild, das ihm den Weg zur Station 2 zeigt. Nur
einen kurzen Moment lang zögert er, weil hinter der
Zahl"2" die Buchstaben "G-Y-N", sowie die römische
Ziffer „I" geschrieben stehen. Rosenberg ist jedoch sicher, dass diese zusätzlichen Kürzel für seine Belange
ohne Bedeutung sind, und folgt treppauf dem angege-
benen Weg.
Der lange, schmale, nur matt beleuchtete Stationskor-
ridor ist menschenleer. Ein abgestelltes, mit gefüllten
weißen Wäschesäcken voll-beladenes, metallenes Krankenbett engt, gleich auf den ersten Metern, den Gang
erheblich ein. Es bereitet Rosenberg Mühe, sich an dem
sperrigen Gefährt vorbei zu zwängen. Dann eilt er mit
raschen Schritten den Flur entlang. Mit konzentriertem
Blick mustert er die schwarzen Zahlen auf den weißen
Türen. Vor dem Zimmer mit der Nummer zweihun-
dertundzwölf hält er inne und drückt mit Schwung die
wuchtige Klinke hinunter. Die Tür noch in der Hand
bleibt er wie angewurzelt stehen. Fast direkt vor ihm,
waagerecht zum Eingang, blickt er auf ein Krankenbett
indem eine junge Frau ihren Säugling stillt. Zunächst
scheint die junge Mutter Rosenberg nicht zu bemerken,

doch schließlich schaut sie kurz auf und lächelt den unerwarteten Besucher an.

Rosenberg spürt, dass ihm das Blut zu Kopf steigt. Leise, mit heiserer Stimme bringt er gerade noch den Satz „Entschuldigen Sie bitte vielmals" hervor. Die junge Frau reagiert nicht auf seine Worte. Sie ist wie eins mit ihrem Kind, in wortlose Gegenseitigkeit vertieft.

Einerseits möchte sich Rosenberg der Situation so schnell wie möglich entziehen, andererseits kann er nicht aufhören, wie gebannt, Mutter und Kind zu betrachten. Um nicht weiter zu stören, entscheidet sich Rosenberg, nicht länger zuzuschauen. Fast lautlos geht er zwei Schritte rückwärts und drückt dann ganz behutsam die Tür von außen ins Schloss.

VII

Rosenberg verlässt die gynäkologische Abteilung. Auf dem Weg zur Treppe, zieht er den Notizzettel aus der Manteltasche, den er gleich nach dem Telefongespräch mit dem Freund seines Sohnes angefertigt und vorsorglich mitgenommen hat. Es fällt ihm auf, dass dort die Zimmernummer 312 geschrieben steht. Die junge Mutter mit dem Kind befand sich im Zimmer 212. Er ist sich in diesem Augenblick ganz sicher, dass er seinen Sohn auf der Station 3 suchen muss. Er beschließt den Treppenstufen weiter aufwärts zur nächsten Etage zu folgen, und entdeckt auf halber Höhe ein Schild mit dem Aufdruck „Station 3 PSYCH I".

Rosenbergs Gedanken schweifen ab. Die junge Frau mit dem Säugling geht ihm nicht aus dem Sinn. Er überlegt, ob er Karina beim Stillen jemals zugesehen hat. Er meint zu wissen, dass sie nachts oft aus dem Bett aufgestanden ist, um das Kind an die Brust zu legen. Er ist fest davon überzeugt, dass er sich dann umgedreht und weitergeschlafen hat.

Bevor Rosenberg den ebenfalls engen und langgezogenen Korridor der psychiatrischen Station betreten kann, muss er warten, weil ein junger Krankenpfleger mit einem quer-gestellten, großen Servierwagen den Flur vollständig versperrt. Es dauert eine Weile bis der Pfleger mit dem zweistöckigen, rollenden Tablett hinter der Tür mit der Aufschrift „Teeküche" verschwunden ist.

Rosenbergs Aufmerksamkeit gilt nun wieder den weißen Türen mit den schwarzen Zahlen.

Vor dem Zimmer mit der Nummer dreihundertzwölf bleibt er stehen. Langsam drückte er die breite, silberne Klinke herunter und verweilt zunächst bei halbgeöffneter Tür einen Augenblick auf der Schwelle.

In dem kleinen, fast quadratischen Raum orientiert er sich rasch. Waagerecht zum Eingang und zur abschließenden Fensterfront befinden sich an der rechten Seite zwei Betten, die durch einen von der Decke herabhängenden hellen Vorhang fast vollständig voneinander getrennt werden. Das erste Krankenbett ist nicht belegt. Er schließt die Tür und nähert sich dann vorsichtig dem zweiten Krankenlager in Fensternähe. Er erkennt sofort die schmale Gestalt seines Sohnes, die sich durch die dünne Bettdecke fast vollständig abzeichnet. Das Gesicht seines Sohnes erscheint ihm auf dem schlohweißen Kopfkissen noch schmaler und grauer, als er es im Gedächtnis hatte. Um den Schlafenden nicht zu wecken, bleibt er wenige Schritte von der Bettstätte entfernt stehen. Einen Moment lang überlegt er, ob er die Zeit nutzen soll, um sich bei einem Arzt über den

Gesundheitszustand seines Sohnes zu informieren und um zugleich mögliche weitere Behandlungsschritte zu diskutieren, doch er verwirft diese Gedanken gleich wieder, weil er fest davon überzeugt ist, dass dies seinem Sohn keinesfalls recht wäre.

Auf Zehenspitzen bewegt er sich quer durch das Zimmer, greift sich einen Stuhl und stellt ihn behutsam an das Kopfende des Bettes. Seinen Mantel legt er auf dem Fensterbrett ab.

Rosenberg denkt, dass diese schlimme Situation zugleich die letzte Chance für ihn darstellt, doch noch eine Beziehung zu seinem Sohn zu knüpfen. Dabei ist ihm deutlich, dass er nicht zuviel erwarten darf und unter allen Umständen seine Ungeduld beherrschen muss.

Er setzt sich und versucht eine möglichst bequeme Haltung einzunehmen, indem er sich leicht zurücklehnt und die Beine so weit wie möglich ausstreckt. Kurz darauf zieht er die Beine wieder zur Sitzfläche heran und richtet seinen Oberkörper gerade auf. Er spürt, dass es ihm schwer fällt, Ruhe zu bewahren.

Er betrachtet die schmalen, weißen Verbände an den Handgelenken des Sohnes. Sie erinnern ihn an die hellen Plastikarmbänder, die man Neugeborenen umlegt, und auf denen Name und Geburtsdatum der Kinder notiert werden.

Er besinnt sich darauf, dass er mit Säuglingen nie viel anfangen konnte, ihr Gestrampel und Geplärre war ihm stets lästig. Er hat sie gemieden. Karina musste ihn dazu drängen, den eigenen Sohn auf dem Arm zu halten. Er hat dies nur ungern getan. Er hat seinem Sohn auch nie das Fläschchen gegeben oder ihn mit Brei gefüttert.

Rosenberg bedauert im nachhinein, dass er so wenig Interesse an seinem eigenen Kind gehabt hat, doch ihm

fallen auch Gründe ein, die sein Verhalten rechtfertigen.
So hält er sich zu gute, dass er keine Geschwister hat und
als Kind keine Freunde oder Spielkameraden hatte und
somit auch keine Möglichkeit, Erfahrungen mit kleineren Kindern zu sammeln.
Rosenbergs Blick wandert zum Kopfende des Kran-
kenbettes. Es dauert ihn, seinen Sohn so hinfällig, wie
leblos, daliegen zu sehen, und er spürt, dass es für ihn
jetzt darauf ankommt, zu sich selbst ehrlich zu sein und
nichts zu beschönigen.

VIII

Nachdem Rosenberg gut zwei Stunden neben seinem
schlafenden Sohn verbracht hat, betritt eine ältere
Krankenschwester mit gestärkter, weißer Haube das
Krankenzimmer. Wegen ihres verkniffenen Gesichtsausdrucks erinnert sie ihn sofort an die grauhaarige
Postfrau. Ohne den Besucher am Krankenbett auch nur
eines Blickes zu würdigen, fährt es aus ihr heraus, „Wer
sind Sie denn überhaupt, warum haben Sie sich nicht
angemeldet, wie lange sind Sie denn schon hier?"
Rosenberg bedauert kleinlaut, dass er sich nicht vorgestellt hat, und erklärt, dass er der Vater des Kranken ist.
Die Krankenschwester tritt an den Vorhang zwischen
den beiden Betten heran und schiebt ihn bis zur Wand,
dann wendet sie sich der Tür zu. Bevor sie das Krankenzimmer wieder verlässt, ermahnt sie Rosenberg,
das Versäumte nachzuholen, Namen sowie Anschrift
im Stationszimmer zu hinterlegen, und fügt abschließend hinzu, dass es überhaupt sinnlos sei zu warten,

der Kranke habe starke Beruhigungsmittel erhalten und wache vor morgen früh nicht auf.

Rosenberg ist froh wieder mit seinem Sohn allein zu sein. Er ist fest entschlossen, so lange zu bleiben, bis sein Sohn aufwacht, gleichgültig wie lange es auch dauern mag.

IX

Eine freundliche junge Nachtschwester, die um Mitternacht das Krankenzimmer betritt, fragt Rosenberg, ob sie ihm etwas zu trinken bringen darf. Rosenberg nimmt dieses Angebot gern an, und bittet um einen Becher Kaffee. Sie geht hinaus und einige Augenblicke später stellt sie ein Tablett mit einer kleinen Kanne Kaffee, einer sauberen, weißen Tasse und einem Teller mit einem Käsebrot auf das breite Fensterbrett. Bevor sie das Zimmer wieder verlässt, bietet sie ihm an, dass er sich jederzeit an sie wenden kann, wenn er etwas braucht. Rosenberg dankt ihr herzlich.

Gerade als er sich eine Tasse Kaffee einschenkt, hört er vom Kopfende des Bettes her leises Stöhnen. Er stellt die Kanne auf das Tablett zurück und wendet sich dem Krankenbett zu. Er sieht, wie der Sohn den Kopf auf dem Kissen leicht hin und her wiegt und dann zögernd die Augen öffnet. Ganz unwillkürlich ergreift Rosenberg die rechte Hand seines Sohnes und drückt sie sacht. Der Blick des Sohnes wandert langsam zur rechten Bettseite und dann empor zum Gesicht des Vaters.

Rosenberg befürchtet in diesem Augenblick, dass der Sohn seine Hand fortziehen werde, doch der Sohn erwidert den Händedruck leicht und lächelt seinen Vater an.

Rosenberg spürt, dass ihm Tränen über die Wangen laufen, aber er schämt sich nicht dafür.

X

Die Zeit bis zum späten Vormittag verbringt Rosenberg am Bett seines kranken Sohnes. Immer wieder schläft der Sohn ein und wacht kurz darauf wieder auf. Jedes Mal werden die Schlafphasen kürzer und der Sohn wird immer unruhiger. Bald wälzt er sich im Bett hin und her und stöhnt. Als sich Rosenberg nach dem Befinden des Sohnes erkundigt, herrscht der Sohn den Vater an, er solle nicht so dumme Fragen stellen. Der Sohn sagt, dass ihm alle Fasern im Leib weh tun, ihm sei übel, er friere und schwitze zugleich, im Kopf leide er Höllenqualen, und er könne diesen Zustand kaum noch ertragen. Im selben Atemzug fährt es aus ihm heraus „Ich brauche eine Spritze oder eine Tablette! Tu doch endlich was! Sitz nicht so selbstgefällig da!"
Rosenberg spürt, wie ihm diese Bemerkungen unter die Haut gehen. Er läuft auf den Stationsflur, in das Schwesternzimmer, alarmiert einen Arzt und einen Krankenpfleger, die ihm auch gleich zu seinem Sohn folgen. Um die Behandlung nicht zu stören, bleibt Rosenberg vor der Tür zum Raum 312, auf dem Korridor, allein zurück, und wartet, bis die Konsultation beendet ist.
Der behandelnde Arzt, der schon bald das Krankenzimmer verlässt, erklärt Rosenberg, dass die körperlichen Beschwerden und auch die schlechte psychische Verfassung dem Drogenentzug zuzuschreiben sind. Rosenberg gibt zu verstehen, dass er ebenfalls daran gedacht habe.

Nachdem auch der Pfleger aus dem Krankenzimmer verschwunden ist, setzt sich Rosenberg wieder zu seinem Sohn ans Bett. Schon auf den ersten Blick stellt er fest, dass sich das Befinden des Kranken zum Positiven verändert hat. Der Sohn atmet gleichmäßig, ruhig und wirkt entspannter.

Rosenberg spürt, dass sein Sohn Anstalten macht zu sprechen, doch Rosenberg kommt ihm zuvor, und sagt, dass er sich nicht sorgen muss, dass alles in Ordnung ist. Der Sohn lächelt.

XI

Obwohl sich der Gesundheitszustand seines Sohnes rasch bessert und insbesondere die entzugsbedingten Verstimmungszustände immer seltener auftreten, vermeidet es Rosenberg den Kranken durch zu häufige Besuche in der Klinik zu bedrängen. Ebenso hält er sich damit zurück, seinem Sohn Fragen zu stellen oder gar Ratschläge zu erteilen. Er hört zu und ist froh darüber, dass sein Sohn immer öfter von sich erzählt. So erfährt Rosenberg etwas über die Zeit nach dem ersten Selbstmordversuch seines Sohnes, über die langwierigen Behandlungen in den verschiedenen Krankenhäusern, den schwierigen, durch Wundinfektionen oft verzögerten Heilungsprozess der Knochenbrüche und auch über die schrecklichen, immer wiederkehrenden Schmerzattacken, deren Linderung den Ärzten nie richtig gelang. Wenn Rosenberg spürt, dass das Sprechen seinen Sohn zu sehr anstrengt, beendet er von sich aus den Besuch, und versichert, dass er bald wiederkommen werde.

Als der Sohn zur Drogenentwöhnungstherapie in ein anderes Krankenhaus verlegt wird, in dem zunächst keine Besuche gestattet sind, fehlt Rosenberg das Zusammensein mit seinem Sohn. Er spürt, dass dieser gerade erst zustanden gekommene Kontakt ihm sehr nah geht. Rosenberg weiß, dass er diese Nähe sonst meidet, weil er befürchtet, den Anderen gerade dann zu verlieren, wenn er sich auf ihn eingelassen hat. Allerdings mischt sich diesmal in sein Empfinden die Zuversicht, dass die Beziehung zu seinem Sohn Bestand haben wird, auch über die jetzt anstehende räumliche Distanz hinweg, weil in der Zeit des Beieinanderseins Verständnis füreinander gewachsen ist, das für Rosenberg jenseits aller gesprochenen Worte im gemeinsamen Schweigen tief im Inneren fühlbar wurde.

XII

Rosenberg unterbricht die Arbeit an seinem Roman. Obgleich er das selbst auferlegte Tagespensum noch längst nicht bewältigt hat, verlässt er seinen Platz hinter dem Schreibtisch. Er hat das Gefühl, dass es für diesmal genug ist. Zwar ist der Text keineswegs fertiggestellt, und es gibt auch noch einige Überlegungen, denen er nachgehen muss, um beispielsweise die beiden Familienoberhäupter und ihre skrupellosen Manipulationen, die besonders die abhängigen Familienmitglieder betreffen, noch präziser herauszuarbeiten, aber er ist sich sicher, dass es gut ist, nichts zu überstürzen, und den inneren Vorstellungen Zeit zu lassen, sich zu formen.
Rosenberg stellt sich dicht an das Fenster und betrachtet den Garten. Die großen Bäume sind ohne Laub, aber sie

kommen ihm nicht tot vor. In seiner Phantasie sind sie
bis in ihre Äste und Zweige mit Lebensenergie angefüllt
und warten nur auf den richtigen Moment, um auszu-
sprießen und ihre volle Blätterpracht in alle Himmels-
richtungen auszubreiten. Es kommt ihm so vor, als hielte
die Natur den Atem an, um die notwendigen vorberei-
tenden Entwicklungsprozesse nicht zu stören.
Rosenberg denkt daran, dass sein berufliches Comeback
als schriftstellerisch tätiger Journalist vorgezeichnet ist.
Sein Verleger hat das Veröffentlichungsdatum seines
Reportageromans bereits festgelegt und zudem einen
Auftritt in einer Talkshow im Fernsehen arrangiert.
Diesmal wird Rosenberg jedoch nicht den Fehler bege-
hen, keine Zeit für seinen Sohn übrig zu behalten. Der
beste Freund seines Sohnes hat Rosenberg mitgeteilt,
dass die Entwöhnungsbehandlung Fortschritte macht
und dass der Sohn sich mehrmals nach dem Vater erkundigt hat.
Rosenberg geht einige Schritte rückwärts und setzt sich
auf den Rand der Schreibtischplatte. Er stellt für sich
fest, dass er sich noch nie so ruhig, ausgeglichen und
zugleich frei gefühlt hat, und obwohl ihm dieses Empfinden angenehm erscheint, kommt es ihm sehr fremd
vor. Es wird ihm deutlich, dass er in seiner eingeengten,
isolierten Welt ganz selbstverständlich gelebt hat, und
die veränderten Bedingungen fordern von ihm, sich nun
nicht nur tagtäglich aufs Neue über die eigenen Ziele,
Wünsche und Möglichkeiten klar zu werden, sondern
auch die Belange seiner Mitmenschen gleichgewichtig
wahrzunehmen, zu respektieren und sich den Anderen
gegenüber solidarisch zu verhalten.
Für einen kurzen Moment spürt er das Verlangen, diese
Überlegungen als Binsenwahrheit abzutun, doch die

Erinnerung an die Auseinandersetzung mit seinem Sohn hält ihn davon ab, diese einfache Grundregel des Zusammenlebens zu entwerten; er ist davon überzeugt, dass er hinsichtlich der Schwierigkeit, vertrauensvolle Beziehungen zu anderen Menschen aufzubauen, noch am Anfang steht, und er gesteht sich ein, dass er gar nicht genau weiß, wie er das im Einzelnen bewerkstelligen soll. So ist ihm bewusst, dass er eine mögliche Beziehung zu einem Lebenspartner noch überhaupt nicht in seine Überlegungen mit einbezogen hat.
Rosenberg stellt sich nochmals vor die breite Fensterfront. Unwillkürlich holt er tief Luft.
Er erinnert sich daran, dass er als kleines Kind an einem schönen Sommertag fast bis zum Sonnenuntergang am Ostseestrand im Sand gespielt hat. Schließlich kamen Vater und Mutter. Beide lächelten, und die Mutter sagte, dass es nun Zeit sei, nach Hause zu gehen.